Pierre-Louis Basse

Rien n'est perdu

cherche midi

Vous pouvez consulter notre catalogue général
et l'annonce de nos prochaines parutions sur notre site :
www.cherche-midi.com

92, avenue de France
75013 Paris

Composition : Peter Vogelpoel
Dépôt légal : août 2020
ISBN 978-2-7491-6393-2

Pour Sévérina,

Pour Christophe,

Pour Lou, toujours.

« En dépit des apparences, tu es toujours celui que tu as été,
même si tu n'es plus la même personne. »

Paul AUSTER, *Excursions dans la zone intérieure*

« Parfois, nous nous rappelons certains épisodes de notre vie
et nous avons besoin de preuves pour être bien sûr
que nous n'avons pas rêvé. »

Patrick MODIANO, *Dans le café de la jeunesse perdue*

PREMIÈRE PARTIE

Enfant, je tombai nez à nez avec Vincent Van Gogh.

Une vie à remercier *Les Roulottes*. Plus tard, à souhaiter un dernier face-à-face en solitaire, dans un musée désert. Une vie à trimballer dans mes cartons, toutes sortes de reproductions banales, cartes postales, images, photos, qu'importe ; toujours le campement, près d'Arles, tel que l'avait imaginé le peintre en 1888. Le 12 août 1888. Un incendie de lumière. Une vie à se souvenir qu'un dimanche glacial du mois de décembre 1971, tandis que je fuyais l'école, Nanterre, ses boulevards, et plongeais dans la nuit, je fis l'apprentissage d'une beauté fulgurante.

Il est temps de revenir vers cette lumière. Je vais faire le voyage, très loin, vers cette grande sœur qui me prit la main ce dimanche de décembre. Qu'elle me dise comme la beauté pouvait sauver le monde d'un petit garçon qui refusait d'apprendre. La lumière. La grande sœur avait donné le signal du départ. Très jeune, elle avait fui vers la Yougoslavie, puis la Grèce. Elle s'y connaissait en fugues. En lumières retrouvées.

Toute une vie à mettre mes pas dans l'errance et tout ce qui peut trembler. Oui, il est grand temps de retrouver *Les Roulottes*. Ce ciel vert Véronèse. Les chevaux qui ondulent. C'est à peine si l'on distingue les enfants. On dirait qu'ils sont sur le départ. Il est temps pour moi de comprendre comment un simple tableau a tout chamboulé. Repartir vers la douceur et le grand calme, quand tout est perdu.

Qu'y faire ?

Dès notre naissance, l'effacement nous guette. La disparition, planquée dans un couloir familial, une cage d'escalier, un cimetière au pied de notre fenêtre, ou bien la réponse cinglante et cruelle d'un professeur qui ne sait pas encore que le petit garçon a tout entendu.

« Votre fils ne fera rien de bon. Il n'est pas fait pour l'école. C'est à vous de lui apprendre un métier au plus vite. »

J'ai bien retenu cette phrase que ma mère nous répéta au cours d'un dîner.

Souvent, ceux qui ne sont plus là – nos premiers disparus – hantent notre arrivée dans le monde. Plus tard, il sera bien temps de les oublier. Mais l'enfance ressemble à de grands sismographes.

Ces disparus, il suffira d'un rien pour qu'ils viennent souffler dans la nuque de nos premières années. Je remplaçai, poste pour poste, le frère aîné que je n'ai pas connu. L'étrangeté se double d'une sombre précision : j'ai su très tôt qu'il s'appelait Jean-Jacques, et qu'un *refroidissement* sévère l'avait emporté.

Jean-Jacques. Plus de soixante ans ont passé, et il me semble que ce Jean-Jacques est parvenu à m'accompagner en silence, invisible présence capable de déposer sur l'épaule du vivant comme un châle de chagrin impossible à surmonter. Une manière de me souffler à l'oreille – dans les mauvais moments : « Je ne suis plus là, parmi vous, regretté par les anciens, mais je veille et t'encourage. » Combien de fois ai-je entendu – au cours d'un déjeuner familial, pique-nique, retrouvailles avec les meilleurs amis des parents – cette formule qui fait tilt chez celui dont l'obsession, dès l'enfance, est de tendre l'oreille : « le petit dernier ».

C'est ainsi que le *petit dernier* se retrouve placé dans une situation qui l'obligera toujours à combler un retard imaginaire. J'observais au loin deux grandes sœurs qui me semblaient engagées dans des territoires dont j'étais privé. L'aînée, Jeanne, la rêveuse éprise de liberté. Puis Solange, l'enfant de l'entre-deux, silencieuse et volontaire. Plus profond : le grand frère disparu serait pour la nuit des temps celui qui, le premier d'entre nous trois, avait percé le jour.

Une aube merveilleuse s'était dérobée dans la nuit froide du mois de novembre 1948. Plus tard, devenu écrivain à force de tendre l'oreille, j'étais incapable de vivre sans les échos du passé. Il me semblait que tout ce qui pouvait se réaliser dans les temps présents n'avait d'épaisseur qu'en regard de ces événements qui avaient eu lieu des années auparavant. Comme si notre passage relevait d'une anecdote – éblouissante parfois, pénible à d'autres moments. Ce passage, toujours actionné par un lointain moteur qui nous faisait vivre.

Le geste banal d'un père, l'inflexion d'une voix féminine, le récit, parcimonieux et calme, du grand-père revenu de l'enfer des camps, le visage d'un vieil Arabe, en sang, comme éclaté après une manifestation de rue, en faisaient davantage dans la construction d'une vie que tous les savoirs que l'on nous imposait. À mesure que l'obscurité recouvrait mon enfance, il devenait évident qu'un carré de lumière seul, une échappée belle, était en mesure de m'offrir ce soupirail qui me permettrait de vivre. *Les Roulottes* viendraient. La lumière folle d'une toile, l'herbe brûlée feraient bientôt comme une roue de secours sur mon chemin cabossé. Puisque l'école, le lycée ne voulaient pas de moi, je m'en passerais bien. J'attendais Vincent. Ce n'était pas la nuit. Simplement, il me fallait absolument respirer au grand air. J'avais besoin de m'évader.

Dès l'entrée en 6e, l'école me fit horreur. La réflexion d'une professeure d'anglais n'avait pas manqué de me fracasser le cœur. À peine arrivé, je n'y croyais déjà plus. La France de la fin des années soixante ne se contentait pas de vénérer un général. Elle avait inventé des classes dites *de transition*, destinées en réalité à faire patienter quelques énergumènes, juste avant la prison.

J'avais le comportement de celui qui ne cessera jamais de s'intéresser aux disparus plutôt qu'aux vivants. Les vivants étaient décevants. On aurait dit que j'avais l'œil sur tout, dans ce modeste appartement situé au neuvième étage de l'avenue Frédéric-Joliot-Curie à Nanterre.

Il y avait de quoi prendre de la hauteur. Plusieurs dizaines de mètres nous séparaient de la terre ferme. Il y aurait des moments, entre la date de notre installation, 1960, et mon départ, quinze ans plus tard, où nous verrions des types – parfois des femmes – se jeter dans le vide du ciel de Nanterre.

Certaines vies ont le pouvoir de s'arrêter juste devant nous. Ces morts violentes, pleines de mystères. Au plus fort de mon observation, je vis passer sous mon nez, un jour de printemps, les cuisses magnifiques, mais à l'envers, d'une femme qui logeait à l'étage supérieur.

J'avais douze ans quand la femme du dixième se prit pour une fusée. Malgré la vitesse qui emporte inexorablement un corps vers le bitume, j'ai distingué le contraste saisissant entre la blancheur de ces cuisses volantes et les bas noirs qui les enserraient.

Ce corps de femme, plongeant dans le vide du printemps, le jour même où son mari était revenu avec un brin de muguet.

L'enfance peut ainsi prendre des allures d'aspirateur. Dans le sillage immédiat des adultes qui gouvernent, l'enfant ne chasse jamais en meute. Il s'invente un parcours capable de le conduire vers des horizons lointains, uniques. Parfois, cette enfance n'en revient pas indemne.

Plus tard, je compris avec tristesse que la femme volante – cinquante ans environ – était la même que celle qui m'attendait à la sortie de l'école. Elle avait pris l'habitude de m'entraîner doucement à l'écart de la lumière. Une femme brune, rondelette et musclée, que j'avais croisée dans le hall de l'immeuble, au pied de l'escalier menant aux ascenseurs.

Bien des années se sont écoulées depuis le départ en fanfare de la femme volante. Mais ce qu'elle fit assez régulièrement au petit garçon s'est inscrit à jamais dans mon corps d'adulte. Elle avait le visage d'une madone fatiguée par les heures de ménage.

Dans mon souvenir d'enfant : des lèvres grosses, charnues, comme un fruit rouge.

Beaucoup plus tard, je retrouverai devant des œuvres du peintre de la Renaissance, Botticelli, ces joues pleines, haut placées. Un visage du soleil. À vingt ans, dans la galerie du musée des Offices à Florence, brusquement, ma mémoire visuelle la retrouverait. Vertige.

Elle travaillait dans ce quartier faisant face à la Défense, dont les tours n'allaient plus tarder à se planter dans le ciel du boulevard. Elle n'eut jamais de prénom, et pas davantage d'adresse à me fournir. Elle m'avait repéré marchant au loin depuis le lycée Joliot-Curie – situé à deux cents mètres à peine de l'immeuble –, avec mon cartable sur le dos, très à la mode au début des années soixante-dix. Cet âge où l'on s'aperçoit avec surprise que le slip se gonfle, se tend du désir de la jeunesse.

Dès notre première rencontre, ce fut pour moi la découverte insensée d'un monde à part, inconnu, une sorte d'ivresse créant le manque. La dame du dixième étage m'attendait devant les boîtes à lettres, plaquées contre un grand mur de verre. Elle n'eut aucune difficulté à m'entraîner dans l'obscurité des caves, dont chaque habitant possédait une sorte d'alvéole, minuscule baraquement en bois – dernières traces de chantiers qui poussaient comme des champignons. Aucun de ses gestes n'avait la couleur de l'obscénité : je les recevais sur ma peau et mon cœur, pour la première fois de ma jeune existence.

Certes, Arnaud, mon meilleur copain de l'époque, avait bien préparé le terrain : au moment où l'« affaire Markovic » battait son plein, des photomontages circulaient dans la cour du lycée ; on y apercevait, en noir et blanc, Mme Pompidou réalisant d'immenses fellations, allongée sur un sofa. Photos truquées, bien sûr, destinées à nuire au futur président de la République, mais qui avaient néanmoins le don d'exciter des gamins de treize ou quatorze ans.

Plus de cinquante ans ont passé. On dirait que la femme volante est demeurée intacte. Toujours aussi excitante, passant comme un songe animé, indestructible. Il m'arrive souvent de rêver d'elle. Elle m'avait attiré dans cette obscurité si fraîche qu'elle pouvait endormir. Il n'était pas question de bonbons, et pas davantage d'imperméable qui s'ouvre sur votre passage. La madone fatiguée, les traits tirés sans doute par le désir de la transgression, se contentait de chuchoter à mon oreille certaines choses que je ne comprenais qu'avec difficulté. Elle ne quittera jamais ce tablier en plastique, multicolore et qui faisait comme un mille-feuille improvisé sur sa jupe collée à des cuisses puissantes.

La réalité a souvent besoin du filtre romanesque, de notre imaginaire, pour s'imposer dans sa vérité et sa précision. Le film de Fellini, *Amarcore* – travelling délicieux d'une vie provinciale –, me restitue la cave de mon enfance. Derrière un rideau de fer, un jeune adolescent manque être étouffé par la poitrine énorme d'une commerçante au regard vicieux.

Les gestes de l'amour sont encore à sens unique. Mais c'est comme un grand bain, puis une délicieuse noyade que, très vite, nous voulons revivre. « Petit salaud », « Lèche-moi les fesses » « Vas-y, personne ne le saura », « Regarde comme je te caresse le bout », « Regarde comme il durcit ». La dame brune du ménage ne cessait plus de me maintenir le pantalon vissé à son arrière-train qu'elle frottait ; elle frottait comme s'il avait été question de frotter le sol qu'elle voulait faire briller. Et frottait toujours plus fort. Se retournait vers moi. Elle en voulait... Toujours à se plier devant moi... Le ménage continuait... Ses grosses fesses s'agitaient dans la pénombre, comme un ballon de football... Elle n'en finissait plus de bouger... Juste derrière nous, les planches de la porte en bois grinçaient... C'est là, dans la fraîcheur et la nuit d'une cave ouverte à tous les vents, que la dame me fit *venir* pour la première fois dans mon pantalon.

L'enfance chaparde la réalité qui l'entoure.

Aujourd'hui encore, après toutes ces années qui me séparent de la madone fatiguée qui s'écrase sur le boulevard de Nanterre, je n'ose la condamner. L'inconnue du dixième étage n'a pas peu contribué à ma manière d'aimer. Longtemps, une simple odeur d'eau de Javel serait capable de déclencher chez moi une envie pressante de faire l'amour. Aimer finirait toujours par ressembler à une conquête permanente ; puis la fuite, l'errance de celui qui craint plus que tout qu'on l'abandonne au coin d'une rue.

Notre époque a épousé la cause de l'éphémère, de la transgression, jusqu'à nous offrir de la pornographie à la portée de tous, y compris des enfants. Manière d'installer l'ennui au sein d'un couple classique. Le grand marché. La production, sans limite, de toutes sortes d'images constituait un nouveau territoire financier à explorer. La transgression, liquidée par un engloutissement de représentations plus ou moins frelatées.

En 1971 – peut-être davantage encore dans une famille de communistes –, la découverte du sexe passait d'abord par quelques ouvrages un peu *tarte à la crème*, déposés malicieusement sur un guéridon afin qu'un petit garçon s'approche en douceur du zizi. « S'aimer, c'est regarder ensemble dans la même direction », etc.

Dehors, quelques romans-photos assez cochons, interdits à la vente, pouvaient arriver dans les mains d'adolescents qui ne diraient pas non. Ils venaient la plupart du temps d'Allemagne ou de Hollande, où la censure en matière d'images pornographiques était plus souple qu'en France.

Ces images de l'obscurité, du désir et de la femme adulte qui parvient à imposer ses obsessions sexuelles sont arrivées trop tôt. Mais le songe de la cave, les odeurs de bois et d'encaustique mêlés, les longs cheveux qui entraient dans ma bouche comme un ballot de paille qui explose, la peur d'être pris, les premiers plaisirs auront eu la force d'ouvrir une fenêtre cadenassée. Sur le parcours de l'ennui, et d'une confiance qu'une enseignante avait détruite d'un revers de la main, la cave déposait comme une bougie, un rêve interdit dont mon imaginaire ne cesserait plus jamais de se nourrir. À sa manière, l'inconnue du dixième étage constituait bien l'un de ces carrés de lumière capables de me sauver.

Au cours de voyages dans les *pays frères* de l'URSS – Roumanie et Bulgarie notamment –, alors que j'avais franchement attaqué mon adolescence, je compris plus clairement comme l'amour et toutes sortes de trafics créaient du désir dans la population locale.

Un défi qu'il faudrait relever pour la vie entière : puisque l'école, le savoir, la connaissance semblaient ne pas m'être destinés, il fallait abattre d'autres cartes. Des cartes réservées à ceux qui attrapent au vol ces impressions condamnées à l'oubli.

Un parfum, l'odeur d'une crème sur le visage de la mère, une simple gifle, la voix du grand-père qui me dit les appels dans la neige, les SS qui abattent un copain pour s'amuser, l'alternance des réunions de cellule qui obligent le père ou la mère à rentrer tard, et, parfois, un geste de sport. Un départ. Les premiers voyages. S'accrocher à ces impressions, écume des jours, c'était l'assurance de porter sur ses épaules une mémoire, un passé indestructible.

C'est ainsi que Jean-Jacques – bien que la famille donnât le sentiment d'une belle union – était devenu comme le messager d'un chagrin maternel inconsolable. Il avait fallu dix ans pour qu'enfin un garçon revienne dans la danse de la vie. 1948. 1958. Qu'importe que les informations demeurent rares, secrètes, quand il s'agit d'un bonheur qui se dérobe.

Au moment où je dois bien envisager de retrouver une toile qui me permit de me relancer à l'école, je pense aux chaises vides, sublimes de solitude et de rudesse, que Van Gogh a laissées derrière lui. Qu'il s'agisse de la chaise de son père, décédé lorsqu'il avait vingt-cinq ans, ou de celle de son ami Paul Gauguin, avec lequel il se fâche.

Toutes ces chaises vides qui nous disent l'absence. Ces objets – livres, pipe, tabac – qui rappellent l'existence de ceux qui nous ont quittés.

Quand viendra le temps de la rencontre avec *Les Roulottes*, ce sont encore des impressions que je retiendrai pour la rédaction qu'on m'avait demandée. Ce dimanche du mois de décembre 1971. Le professeur de français écrira au tableau, en fin de semaine, le sujet d'une rédaction pour le mardi de la rentrée. « Chacun d'entre vous est invité à raconter une histoire, une visite, lecture, promenade. » J'étais perdu quand il s'agissait d'un devoir – sauf pour les récitations, qui m'obligeaient à monter sur l'estrade comme sur une scène. Pourtant, je vis quelque chose sur cette toile qui semblait exister hors du cadre : une échappée, quelque chose qui tremblait au soleil. Une douce liberté de vivre et d'aller. C'est ce que j'aperçus ce dimanche de décembre 1971. L'impression soudaine, fulgurante, qu'il était possible de rêver devant autre chose que la finale de la Coupe du monde au Mexique.

À moins qu'il ne soit question ici de mes propres rêves, attentes timides, que je crus apercevoir dans ce carré de lumière. Qui sait si je ne retrouvais pas d'un seul coup cette liberté folle que j'avais gagnée au cours de mes étés, près de Nantes ? Ce sillage dans les pas d'une grand-mère dont j'aimais la présence à la fois sérieuse et rassurante.

La grande maison de Treffieux – à dix-sept kilomètres de Châteaubriant –, dans laquelle plusieurs générations d'enfants, et petits-enfants, se retrouvaient dans un joyeux brouhaha. Le bruit de ferrailles des carrioles encore traînées sur le chemin par de gros chevaux un peu poussifs. En hiver, les grandes cheminées devant lesquelles je demeurais immobile pendant plusieurs heures. Le carillon d'une porte vermoulue, avec à l'intérieur toute une caverne de réglisses, bonbons anciens, chewing-gums, sucres d'orge. Se tenait tout au fond de l'épicerie un gros homme que personne dans mon entourage ne vit jamais debout. Casquette grise qui faisait contraste juste au-dessus du visage épais et rougeaud. Nul dans la famille n'échappa à quelques visites vers ce magasin situé sur le flanc de l'église jouxtant l'imposante bâtisse de notre grand-mère.

Refaire mon chemin vers une peinture dont l'éclat déciderait de mon avenir, c'est aussi l'obligation de revenir sur ces premiers pas décisifs. Plus que n'importe quel adulte, les enfants craignent le départ des plus anciens. À mesure qu'ils s'éloignent, nous devinons qu'ils emporteront dans leurs bagages ces secrets qu'il nous faudra lever pour vivre. Toujours, ce chemin me conduira vers Nantes. La mer, les plages de l'Atlantique ou quelques landes de l'intérieur des terres. Mais il faudra aussi entendre la longue plainte timide du grand-père racontant les camps de la mort. Parti de Nantes encore. Pourquoi fallait-il que le *petit dernier* retienne avec une attention maladive des récits qui conduisent au désarroi et à l'obscurité. Plus tard, c'est à moi encore que mes deux sœurs – mélange d'insouciance et de détachement – confieront le fardeau des archives photographiques familiales et autres traces de l'histoire. C'était ainsi. Il m'était revenu le devoir d'écrire cette mémoire qui débordait. Je devais la prendre dans mes filets, afin que les disparus ne rejoignent pas la cohorte des oubliés de l'histoire.

On dirait que Jean-Jacques souffle, à distance, le refrain de *l'impossible oubli*. Encore une expression qui reviendra souvent sur les lèvres de ceux et celles, très rares, qui finiront tout de même par se confier sur leur captivité, la violence et la peur de ces années, entre 1940 et 1945.

Jean-Jacques, avec un tel prénom, aurait été grand et musclé. Lorsque ma mère évoquait sa présence, il y avait dans sa voix non pas seulement du regret, mais comme une vive inflexion, presque un sourire qui pouvait nous faire croire que ce premier garçon était encore parmi nous. Un *leader*. La manière qu'elle avait de rejeter la tête en arrière, découvrant une gorge, des épaules qui en avaient vu de sévères durant l'Occupation. Et puisque ce livre est aussi la conquête d'une peinture ayant offert à un enfant une porte de sortie qu'il était incapable de trouver, comment ne pas se souvenir que Van Gogh perdit un frère aîné – de quelques jours à peine –, comme si ce soleil couchant n'avait pas peu contribué à son désir de lumière.

Alors qu'elle avait bien mérité de la douceur, du repos, c'est une jeune vie qui se dérobe – la première – et liquide la jeunesse de ma mère. Quatre ans après avoir été invitée par le général de Gaulle, et les forces alliées, à célébrer en héroïne la fusillade du 22 octobre 1941 à Châteaubriant, elle s'effondre dans une chambre d'hôtel, à Dinard. Pendant quelques jours, ma mère était venue rejoindre son amoureux, jeune professeur d'éducation physique. Elle avait confié son fils d'un mois à ses parents, Blanche et Pierre, ravis de pouvoir profiter du petit pendant quelques jours. Un mois. C'est une vie si longue à oublier.

Ce 8 novembre 1948, vers midi, ma mère pousse un cri effroyable au téléphone posé sur le rebord du guichet de la pension de famille. Un cri rauque, sans fin, qui s'achève par un long sanglot et des spasmes qui n'en finissent plus.

Il avait fallu rentrer à Nantes, dans la 4 CV prêtée par le grand-père.

Jean-Jacques.

Un neveu était né presque au même moment. Quelques jours de différence. J'ai su, bien plus tard, comme cette jeune femme de vingt-trois ans, désemparée, ne pourrait s'empêcher, sur la plage, de regarder ce neveu, une doublure, au loin, derrière les dunes si proches ; ce Jean-Jacques auquel elle n'avait jamais pu dire au revoir.

Les familles maintiennent sous le couvercle si lourd et si puissant tant de rêves fracassés. Faut-il y repérer la clef de ces étés atlantiques, heureux, mais toujours empreints d'un léger voile de tristesse sur le visage de ma mère ?

Comme s'il y avait eu, malgré la douceur et la légèreté de ces mois d'août en Bretagne, la présence affolante de ces disparus qui nous tiennent la main. L'absence de Jean-Jacques en rajoutait dans une tragédie qui n'était pas retombée. C'est très tard en effet – hiver 1945 – que Pierre, mon grand-père, était rentré à Nantes, exsangue, quarante-trois kilos – un colosse qui en faisait quatre-vingts –, rescapé du commando de Mauthausen, le Loibl Pass. Père chéri d'une fille unique, il est à peine remis de ses cinq longues années de cavale, torture, puis captivité, qu'il doit faire face au corps sans vie de son petit-fils.

Il m'a toujours semblé que Pierre était pris au sérieux, quand Blanche apparaissait en double rideau comme une femme soumise au regard de l'histoire traversée. Là encore, très tôt, dans mes impressions, je notais la complicité, presque le face-à-face effarant entre le père revenu des camps et la jeune fille, héroïne de la mémoire de Châteaubriant. Il y avait entre eux non seulement le sentiment de ne pas avoir failli, mais aussi le corps de Jean-Jacques, sans vie, empêché de respirer, quand son avenir résonnait encore des flingues et des cavales.

Soixante-dix ans plus tard – comment ne pas y songer –, ma fille unique perdait son enfant de trois jours dans une clinique de Dakar. Les nouvelles ne se diffusant plus que très rarement via un téléphone fixe, c'est sur un portable que j'entendis au loin une voix m'annonçant que le petit Viggo était en train de partir. Les téléphones mobiles ne se contentent pas de vous suivre aux aguets. Ils permettent dans la seconde même d'un bonheur l'envoi d'une photo, d'un fichier, d'images miraculeuses. Je faisais donc dérouler sous mes doigts le petit visage un peu fripé, bardé de tubes minuscules lui permettant de combattre vers la vie quand tout s'assombrissait autour de lui.

Novembre 1948. Novembre 2016. C'est sur un quai de gare, à Bernay, que j'appris la nouvelle. Les vivants sont égoïstes. Ils pensent d'abord à cette cruelle absence dont ils se répètent à voix haute, criant dans la nuit, qu'elle ne devrait pas exister. Mais les vivants oublient que ces absences, ces départs effarants, sont si nombreux.

Il faudrait avoir le courage – presque l'inconscience –, de recevoir cette absence, de l'accepter, pour mieux aider ceux et celles qui viendraient plus tard. Mes enfants eurent ce courage.

Dans le petit carré sablonneux du cimetière de Dakar, où ma fille et son mari déposèrent ce héros magnifique de trois jours, il y eut comme une volonté commune de triompher du chagrin, sans rien céder à l'oubli.

« Viggo s'est battu comme un lion, nous devons être fiers de lui. »

Il me semblait que ces quelques mots prononcés par le père de l'enfant se fixaient, avec l'aide du vent, dans le ciel de Dakar.

Quelques heures auparavant, ma fille, dont je ne mesurais pas encore l'étendue du courage et la puissance de vie, m'avait appelé au secours dans la nuit qui traverse l'Atlantique. Il était parti – promesse d'un soleil qui se couchait comme un grand malheur.

Fallait-il y voir comme une répétition insensée, creuse, que les adultes inventent afin de donner du sens à ce qui ne devrait jamais arriver ? Ou bien s'agissait-il de ces échos, ces correspondances que nous nous refusons à apercevoir, tant elles sont éloignées les unes des autres ?

Tout comme la jeune femme de la plage de Saint-Brévin-les-Pins, ma fille pensait souvent à son Viggo, né presque en même temps que l'enfant d'une camarade. L'atroce jeu en miroir des réseaux sociaux, avec leurs galeries insupportables dans lesquelles on se démultiplie, amplifiait la douleur des uns et des autres.

La famille – quelle que soit l'intensité de l'amour en partage – ressemblait à la maison du secret. Un événement, au loin, s'était produit. Nous serions faits, les uns et les autres, d'un être impossible à oublier.

« Que serait devenu mon petit ? » me disait-elle.

Mais le joli portrait de Viggo, sur une étagère, semblait combattre le risque d'un grand mystère à venir. Ainsi le nouveau-venu aurait-il la preuve vivante qu'un frère aîné avait bien existé avant lui. Des brumes s'éloignent. C'est peut-être la promesse de repousser au loin ce châle de chagrin toujours prêt à se déposer sur nos mémoires.

« Qu'il grandisse vite », chuchotait sur la plage, à l'été 1958, ma mère, quand je vis le jour…

Écrivant le roman de ma mémoire, je trouve les lettres qui témoignent de ce moment. L'histoire des hommes semble se construire *à rebours*. Elle trouve des confirmations, plus tard, quand les bouches se sont fermées pour l'éternité, mais que des écrits demeurent dans des dossiers que nous avons conservés. Tout de même. C'est à la fois la puissance et l'extrême danger, pour celui qui conserve les traces du passé. Sans doute avons-nous les moyens de détruire ce passé. De l'effacer. Comme s'il était devenu moderne, indispensable, d'oublier ce socle sur lequel nous tenons, vaille que vaille. Cet effacement – parfois ce retournement de l'histoire, du regard que nous posons sur les événements passés – est peut-être la clef d'une forme d'insouciance et de joie de vivre. La promesse de danser jusqu'à l'aube. L'enfant que j'étais devait ainsi se construire à la frontière d'une histoire qui m'éloignait d'entrée de jeu du bonheur des simples.

La fêlure créée par la disparition de mon frère ne suffisait pas. L'école ne voulait pas de moi. Il arrivait souvent – désespoir ou folie – que je me fracasse la tête contre les murs de notre appartement. C'était une manière comme une autre de réclamer la lumière, des voyages, une forme de liberté que les rues de Nanterre dans les années soixante étaient incapables de me donner.

Je découvre une lettre de ma mère, écrite le 19 août 1958, soit cinq jours après ma naissance. Le papier n'a pas pris cette couleur sépia qui vieillit souvent les documents que nous exhumons dans la fièvre. Mélange de surprise et d'admiration à l'égard de ceux que nous avons aimés, et qui nous prouvent – bien des années après leur départ – qu'ils étaient *là*, à nos côtés ; ancrés dans le réel de notre vie. Qu'ils s'aimaient, et nous aimaient en retour d'un amour qui triomphait de toutes sortes de pièges tendus par les années.

Écriture à la fois galopante et précise, légère, mais rigoureuse, sans la moindre faute d'orthographe. Cette femme, ma mère, dont l'extraordinaire courage, dès l'âge de quinze ans à peine, aura eu le mérite de passer inaperçu ; balayé par l'époque des *m'as-tu-vu*. Étrange comme le passé brusquement ressurgi transforme une simple lettre d'un lendemain de maternité en une chose qui ressemble à la mémoire intouchable. Comme s'il était impossible de vivre pleinement notre vie, au seul contact du présent. Comme s'il fallait se jeter joyeusement dans l'écume que les adultes abandonnent, jour après jour. Comme s'il fallait des décennies de séparation pour comprendre ce qu'aimer veut dire. *Être ensemble.* Cette femme d'un peu plus de trente ans tient tout d'abord à rassurer ses parents : « Je suis déjà très en forme et me sens très solide. Je commence à me lever, pour déjeuner, faire la toilette. » Plus loin : « De cette naissance, je ne vous dis rien, je sais que mon Yves [mon père] vous a donné les détails. Je ne sais s'il vous a parlé de sa joie, mais je vous assure qu'il fait plaisir à voir tant il a l'air heureux d'avoir un fils. Enfin tout est bien, et je ne regrette pas maintenant. Je pense aux abondantes larmes versées au début de cette grossesse !… Pierre-Louis ne s'en soucie guère. Il a l'air heureux et tranquille. Il a en tout cas le regard noir du père. »

J'étais donc devenu ce fils qu'il n'attendait plus. Dix années avaient passé depuis le départ de Jean-Jacques. Voilà que ce fils revenait. Le *petit dernier*. On aurait dit que mon père découvrait enfin celui qui pourrait peut-être l'accompagner sur les terrains de sport – ce que je fis, puisqu'il devint mon professeur de gymnastique, à l'école primaire. Le sport – le geste, bien plus que la performance – s'imposerait comme un carré de lumière, annonçant peut-être celui, plus décisif, des *Roulottes.*

Le sport en effet, dans les cours de récréation comme au sein des conseils de classe, n'était qu'un pauvre viatique pour les mandarins qui faisaient la pluie et le beau temps dans les écoles. La sélection battait son plein. Et le professeur d'éducation physique et sportive – le *prof de gym* – n'était autorisé à prendre la parole qu'au terme d'un conseil qui avait déjà scellé le sort des enfants.

Plus tard, j'ai été frappé par tout ce qui pouvait s'imposer dans la mémoire de ceux qui avaient reçu aide et formation de mon père. Ils avaient désormais cet âge où l'on se souvient avec précision de ce qui nous a été donné de puissant des années auparavant, quand on hésite sur hier, ou avant-hier ; le sport l'emportait souvent aux dépens de toute autre matière. Un jour que je croisais une institutrice à la retraite, celle-ci, reconnaissant la bouille de l'enfant qui jouait sur la plage, me prit le bras, comme s'il avait fallu dans l'instant respecter le silence d'une prière : « Vous n'imaginez pas ce que fut pour moi le bonheur d'apprendre à nager avec votre père. » D'autres encore évoquaient des souvenirs de sports collectifs ; des courses et des sauts. Tant d'autres me parlaient du ski, et de longues randonnées à raquettes, dans les courbes montagneuses et froides du Jura.

Et quelle ne fut pas mon émotion de recevoir une lettre, dont la trajectoire semblait portée par un cœur invincible. Pas de timbre sur la grande enveloppe de papier kraft, d'un marron un peu passé. « Aux bons soins des postiers de Bernay. Merci. »

Seul repère, avec mon nom figurant sur l'enveloppe.

Un certain Henri Rosenmann était venu à Bernay déposer sa courte missive. Il avait fait le voyage depuis la porte des Lilas, dans le 93, où il résidait. Il avait appris mon attachement – presque mon ancre – au délicieux Brin d'zinc, un bar au cœur de la ville ; il y remit sa lettre. Se fit promettre qu'elle arriverait à bon port. Tant de mystère et de lenteur, me dis-je, au moment de décacheter l'enveloppe…

Courte lettre, recto-verso, accompagnée d'une photo en noir et blanc. Je reconnus mon père – sa beauté pure et sauvage –, juché à l'arrière d'une vespa. Le conducteur ne pouvait être que l'auteur de la lettre.

> « Monsieur Pierre, ces quelques mots au sujet de votre père… Il était mon prof de gym dans les années 1949-1950… [J'étais] fils de déporté, il m'avait pris en amitié, et, grâce à son soutien, j'ai eu une adolescence heureuse… Il a été mon premier entraîneur d'athlétisme, les jeudis, sur le petit stade place du Colonel-Fabien (stade qui n'existe plus) ; il m'a pris comme moniteur de colo, nous étions une joyeuse bande, nous campions à Pornic, et il nous emmenait même chez votre grand-mère, à Treffieux. »

Plus loin :

> « Comme j'avais des problèmes de communication avec ma mère, il faisait le relais entre elle et moi, mais m'a toujours compris… Je suis un vieux monsieur de 85 ans… Je suis conscient que photos et lettres finiraient à la poubelle… Alors… »

Cet Henri Rosenmann n'avait eu besoin que de quelques lignes, un voyage en train, cette enveloppe déposée sur le zinc, pour devenir dans mon esprit un personnage de roman. Il ajoutait :

> « Notre dernière rencontre avec votre père a eu lieu place des Abbesses, à Paris. Il allait chercher votre fille. Là, il m'a appris la mort de votre mère. Il était bouleversé. »

Longtemps, je repensais à la puissance de ce courrier si fragile. Non pas que j'ignorais la capacité de mon père, sa rigueur, sa passion de transmettre son amour du sport à toute une génération. Mais il y avait dans cette lettre – la manière de l'acheminer – quelque chose d'autre : tout ce que nous croyons perdu à un moment délicat de nos vies, et qui finit par renaître. Une rencontre. Une confiance. Un tableau peut-être.

En cela, la lettre – ses lenteur et douceur mêlées – avait une façon bouleversante de résister à notre époque. Il avait évoqué en quelques mots ses difficultés, jusqu'à se retrouver presque face à face avec une enfant et son grand-père.

C'était peut-être cela, cette transmission entre les uns et les autres, que nous avions manqué. Au risque de faire de notre époque une grande et désastreuse poubelle de l'histoire.

À la façon des plus beaux films de Théo Angelopoulos – ces héros qui n'oublient jamais ce passé qu'ils ont aimé –, Henri Rosenmann tenait à remercier mon père, avant de partir. Sa lettre et toutes les autres que je retrouverai sur le parcours de ce livre témoignaient en direct d'une extraordinaire destruction amorcée au début des années quatre-vingt-dix. Un jour, nous cesserons de prendre le temps de nous souvenir. L'empressement et l'oubli l'auront emporté.

Puisque l'école m'avait jugé *cancre* dès notre rencontre, il me restait le sport, sa promesse de dépense physique et mentale, seule capable d'éteindre mon chagrin. Et surtout de repousser ma peur. Comme une mise à l'écart. Mais c'était une manière de respirer trop loin du plus grand nombre. De tous ceux qui avaient la chance – le talent souvent – de rendre des rédactions soignées et vives, des devoirs de mathématiques en ordre, de produire un anglais cohérent – autant de contraintes dont je me détournais.

Je recevais ainsi en pleine face une sorte de double peine : *cancre* et promis à l'échec de ma scolarité ; rejeté dans les *no man's lands* de Nanterre ; terrains vagues, bidonvilles et bientôt la prison peut-être. Je découvrais que le sport ne pouvait être qu'une distraction de plus pour celui dont l'école ne veut pas.

Plus tard, je fis cette même expérience dans quelques-unes de ce que l'on nomme encore pompeusement les *grandes rédactions*. En fait, avant même la disparition récente, effarante, de toute dignité dans l'information, c'était déjà le temps des cénacles où l'actualité sportive inspirait condescendance et, souvent, mépris. Le sport ne trouvait sa place qu'en toute fin de discussion. Surtout, il était impossible d'imposer une forme d'esthétique, de confrontation avec d'autres univers culturels.

Il fallut, en 1998, la victoire de l'équipe de France contre le Brésil à Saint-Denis pour que l'appareil médiatique fasse semblant de croire à la *beauté* du sport ; aux échos qu'il pouvait susciter, bien au-delà de lui-même. Poudre aux yeux d'une société du spectacle qui permettait néanmoins au *grand marché* – lequel n'aime rien moins que passer à côté d'une simple pompe à fric – d'accueillir ce que l'on commençait à appeler les *people*…

J'ai aimé le sport, comme on peut s'échapper. Bien avant qu'une main ne se tende pour m'indiquer la beauté d'une peinture, les retransmissions des plus grands matches de football puis la découverte des jeux Olympiques m'entraînaient vers un ailleurs que la réalité était incapable de m'offrir. Plus fort encore : il était question, face à une mère dont la tendresse, l'amour, étaient constamment battus en brèche par une forme d'autorité spectaculaire, de profiter ainsi d'une transgression tolérée, à défaut d'être comprise.

Dès l'âge de six ou sept ans, le *moment* de sport m'apparaissait comme l'un de ces rares carrés de lumière capables de calmer mes angoisses. Je détestais l'école, qui me le rendait bien. Pourtant, il suffisait d'imiter sur le sable mouillé les plus grands joueurs britanniques de l'époque pour que mon anglais devienne impeccable; *George Best, Bobby Charlton, Jacky Charlton, Peter, Hurst, Gordon Banks*… Tous ces noms – aujourd'hui encore – claquent comme des oriflammes aux tympans de ma mémoire.

La performance n'était jamais ce qui me transportait. Seules la beauté énigmatique du ballon s'effondrant dans les filets blancs ou cette tension qui précipitait les joueurs les uns sur les autres me renvoyaient une vérité, inconnue jusqu'alors. Rare et désirable, car le spectacle du sport était alors très loin de ressembler à ce barnum atroce qu'il allait devenir.

Il n'était pas encore question de vaciller devant des *Roulottes*. Mais, à la fin de l'école primaire, je rédigeai une courte rédaction racontant une finale de Coupe d'Europe qui avait crevé la nuit de mon enfance. Les retransmissions de matches – souvent floues, en noir et blanc – en rajoutaient dans la fulgurance d'un geste ou la présence d'un joueur dont l'enfant avait retenu le nom.

J'aperçus le milieu de terrain, qui me semblait si vieux, différent des autres, Bobby Charlton, adressant en fin de partie un *boulet de canon* qui donnait la victoire à Manchester United. Faut-il que ces moments, ces carrés de lumière, se soient incrustés à jamais parmi les souvenirs qui cheminent longtemps après l'enfance. Il ne m'a jamais été possible de me séparer de ces magazines que j'avais pu récupérer au cours de mon premier voyage à Londres. *Picture Stamp Album; Wonderful World of Soccer Stars. Saison 1968-1969.* Il me suffit de tourner les pages pour observer que la colle a tenu. Les petites vignettes me regardent comme elles regardaient l'enfant qui s'oubliait dans ces équipes anglaises.

Bien des années plus tard, je découvre le fameux *carnet de santé* édité par le ministère de la Santé publique. Carnet de santé que ma mère respectait scrupuleusement. Une première page est réservée aux *incidents* de la naissance. À la question, rédigée en gras, « L'enfant a-t-il crié tout de suite ? », ma mère écrit *oui* dans la marge. Toutefois, elle indique également qu'il a le *cordon noué*. Comme une première volonté du petit, hésitant à quitter le ventre de sa mère.

Mon père n'hésitera pas à me confier qu'il fallut, une fois le nez au vent, me remettre dans le ventre de ma mère afin que le médecin parvienne à dénouer ce fameux cordon qui menaçait de m'étouffer. Ce que le carnet de santé identifiait comme un incident mineur ne cesserait plus jamais de m'apparaître comme une fuite vers d'autres horizons. Le retour fantasmé peut-être vers un territoire – le ventre d'Esther – confortable et doux ; véritable *bol de lumière* que nous devons abandonner avec regret, le jour de notre naissance.

Le spectacle du sport est un miracle de l'enfance.

Ce fut aussi la finale de la Coupe du monde 1966.

J'avais sept ans. L'occasion de m'éloigner durant quelques heures d'une plage qui demeurait mon plus beau refuge. Comme j'étais loin, dans ces moments d'indolence, de la grisaille d'une banlieue qui n'allait plus tarder à se refermer sur mon été ; plein d'insouciance et de sable.

Le salon de notre voisine, dont la maison faisait face à la mer, n'a pas changé. Cette finale, opposant l'Angleterre des Beatles à l'Allemagne d'Adenauer, a beau s'étirer dans la chaleur de juillet, elle n'a pas effacé de ma mémoire ceux qui étaient présents à mes côtés.

Sept ans. Tout se joue dans ces moments de grande chaleur. Un bon camarade du Club des kayaks, Philippe, m'avait rejoint dans le salon. Mon père, à la mi-temps. Le poste de télévision avait été placé au fond de la pièce, la lumière de juillet risquant de flouter les images en noir et blanc. Lumière puissante qui venait taper sur la baie vitrée en forme de *bow-window* face aux premières dunes. Souvent, au cours de cette finale – la marée était montante –, il serait difficile de distinguer le bruit du ressac sur le sable mouillé de la clameur du stade de Wembley qui sortait du téléviseur. Cet écran en noir et blanc, je l'appelle *carré de lumière* parce qu'il fait une trouée merveilleuse dans ma solitude et mes craintes. Mes angoisses de ne jamais être au niveau.

La finale de la Coupe du monde 1966 se déroule dans un stade dont les chants, la pelouse, l'élégance des joueurs s'installent dans ma mémoire. Quelle différence entre ce match qui se joue devant moi et *Les Roulottes*, dont la douceur, le parfum de voyage, me sauvent du néant ? Aucune. Ces deux événements disposent d'un cadre dans lequel il fait bon se blottir.

Bien des années ont passé depuis ces grands matches de mon enfance. Plus tard, devenu journaliste, c'étaient ces moments que je voulais prolonger. Toujours me réfugier dans la beauté des *premières fois*. Le présent n'a jamais cessé de m'ennuyer. Rarement les victoires du jour étaient capables de m'emporter. Je travaillais comme on rêve de retrouver un passé perdu. Un éternel retour ; ces moments qui m'avaient transporté vers d'autres horizons. La victoire ou la défaite n'avaient que peu d'importance.

Au fil du temps, ces événements sportifs m'apparurent comme *défigurés* ; sans saveur. Mes premières découvertes s'étaient inscrites à jamais dans ma mémoire. Elles avaient pris l'ascendant sur tout ce qui pourrait venir plus tard. C'était une forme de perfusion, dont le liquide était fait de ces impressions, souvenirs, odeurs, images, seuls capables de tracer la route de celui qui doute du réel. On aurait dit qu'un imaginaire bienveillant avait pris toute la place dans mes désirs. Le football serait pour toujours inséparable de mon premier voyage en Angleterre. La brique rouge dans les petites rues de Liverpool. Les tribunes réservées aux familles à l'heure du thé. La finale de Wembley, en juillet 1966.

Ça n'était pas l'Angleterre ou Nantes que je supportais sur la plage. Bien plus que cela. C'était ce goût de vivre qui revenait, chaque été, sur les bords de l'Atlantique. L'hiver aussi, avec nos séjours à la montagne. Une fenêtre qui n'allait plus tarder à se refermer, dès lors qu'il faudrait affronter la tristesse de Nanterre, les cages d'escalier, et cette zone vers le mont Valérien qui semblait avoir définitivement évacué le soleil.

Le spectacle du sport est le territoire de l'enfance. On y découvre des aventures extraordinaires. Je craignais que le temps ne passât si vite qu'il me faudrait renoncer à cette aventure. Il me semblait que ces noms, ces visages, se confondaient avec ceux de George Harrison, John Lennon et Paul McCartney. Avec leur musique, qui sortait parfois de la chambre de mes grandes sœurs. Cette fin des années soixante me fait l'effet d'une pause dans une histoire qui n'allait plus tarder à s'accélérer. Il me fallait insister auprès de ma mère pour qu'elle accepte enfin de coudre sur mon short le numéro de mon joueur préféré.

Plus de cinquante ans ont passé.

Je m'attarde sur ce carnet de santé annoté par ma mère, au fil de mes premières années. Cette fois, le papier fragile a jauni. Les pages sont légèrement écaillées. Presque un rapport de police. Instruction tendre pourtant, précise et attentive. Une mère éprise de son enfant, lequel vacille dès le commencement de sa vie… « Cordon noué. » Page après page, comme la preuve irréfutable de ces petites effractions avec lesquelles nous devrons vivre et mourir : 25 juillet 1964 – « PL rentre à l'école en cours préparatoire – Appréhension à la veille de la rentrée. »

Appréhension. À peine entrevu dans l'écriture au stylo plume Waterman, le mot *appréhension* continue de m'effrayer. Ma mère avait dû se pencher sur le carnet quelques instants avant de trouver le sommeil. Plus loin, un caractère se forge, inséparable d'une forme d'anxiété. Seuls la lumière d'un voyage, le sport, le sexe interdit dans la cave, une découverte fulgurante pourront l'apaiser.

Juin 1965 : « PL est vigoureux, parfois violent. » Puis, comme une petite musique un peu triste, qui semble vouloir s'installer : « Année moyenne du point de vue scolaire. PL doit porter des lunettes. Il termine d'apprendre la brasse. Il skie de mieux en mieux. Le grand air lui fait un bien fou. »

Tandis que s'approche le moment des *Roulottes* – décembre 1971 –, ma mère suit, pas à pas, cette trajectoire chaotique. Pleine d'inquiétude en raison de l'école. On dirait qu'elle annonce la rencontre avec ces drôles de voyageurs. Une date va s'installer dans ma vie. 1971. Ce sera bientôt le *moment* du face-à-face avec Van Gogh. Le premier face-à-face de ma jeune vie. La découverte de ce peintre inconnu. Ce tableau que ma grande sœur va pointer du doigt dans l'une des salles de l'Orangerie. Avant le tableau, il n'y a rien à espérer. Il faudra que je m'échappe. Des fractures. Il faudra se contenter du sable mouillé. La rumeur des plages qui revient à marée montante. Le vent dans les pins. Je chapardais les odeurs, les couleurs, tous ces départs dont il fallait revenir. Plus tard, c'était le même décor, la même ivresse que je cherchais à retrouver dans mes livres. Y compris lorsqu'il me fallait commenter de grands événements sportifs.

1971.

Nanterre, la France entière, Paris faisaient comme de longs rubans en noir et blanc. Le vieux Nanterre, surtout. Avec ses noms de dirigeants communistes. La plupart disparus dans les années soixante. Rue Maurice-Thorez, avenue Henri-Barbusse, rue Marcel-Cachin, avenue Joliot-Curie, rue Gabriel-Péri, square Lénine, jardin des Fusillés. Il me semble qu'il pleut toujours quand j'accompagne ma mère faire quelques courses après son travail. Une pluie fine, en rayures, sur une banlieue dont les pavillons font écho à l'après-guerre. De nombreux immeubles en construction. Des chantiers à perte de vue. Bientôt, le quartier de la Défense va trouer le ciel de l'Ouest parisien. Un pays en noir et blanc. Gris. Nanterre ou Colombes, c'était du pareil au même.

Le samedi soir était un jour de grande sortie vers Colombes. Je me demande pourquoi les années n'ont pas réussi à effacer ces petites choses banales. Colombes. Un samedi soir. Mon père a stationné la 404 juste derrière la voiture de nos amis. Jean et Marie-Thérèse. On accédait à la maison en faisant le tour d'un rond-point situé au bout d'une allée ombragée. Colombes. Petits pavillons avec sous-sol aménagé, pour une classe moyenne encore heureuse de la répétition des jours. Lui, expert comptable. Crâne luisant des chauves. Silencieux. Une vie à l'ombre des agitations. Des années à retrouver, le soir, la soupe qui fume. Elle, femme au foyer. Une douceur dans le regard. Vive et toujours enjouée lorsque nous pénétrons dans le foyer.

1971. L'ennui des petites pièces qui ne communiquent pas entre elles. Salons recroquevillés, imprégnés de l'odeur des gauloises sans filtre que Jean aligne toute la soirée. J'ai beau m'endormir avant la fin des repas, je devine dans les bras de mon père les derniers bruits du soir. Le *petit dernier* qui ne quitte jamais le sillage des grandes personnes. Très tôt dans mon enfance, j'entends les femmes se retrouver avec bonheur dans la cuisine. Le rire de gorge de ma mère a traversé les années. Qu'est-ce qui résiste à la disparition des êtres ? Éclats de rire, main posée sur la nuque de mon père quand il conduit. Parfois, la voix de ma mère qui paraît s'assourdir, car elle évoque la scolarité difficile du *petit dernier*. Les voix sont brutalement moins sonores. On chuchote. Chacun prend sa place autour de la table ovale ; nappe blanche posée sur une toile de gomme – il faut éviter les taches de vin sur le bois ciré. Les chaises recouvertes d'un tissu en imitation velours ont l'allure de capsules spatiales. Chaque pied repose sur un bout de feutre. Ma mère a brusquement le visage pincé. Quelque chose la tracasse. Plusieurs décennies me séparent de cette inquiétude. Nous sommes pris au piège d'une ombre qui a commencé son travail de sape.

Les repas entre amis nous transmettent les messages qui fixent les années. Très longtemps, ce fut le récit du métro Charonne. Le massacre sur les Grands Boulevards, le 8 février

1962. Ma mère perd une bonne copine, Anne-Claude, 24 ans, employée des Postes à Nantes. Huit morts. Tous communistes. « Vous pouvez charger, il n'y a plus que les cocos », aurait lancé aux policiers le ministre de l'Intérieur, Roger Frey. Maurice Papon, préfet de la Seine. 1962. Tous ces noms entrent dans ma mémoire d'enfant.

Les noms s'accumulent. Ils finissent par créer de véritables souvenirs politiques. De Gaulle, bien sûr, dont on aperçoit à intervalles réguliers le képi sur l'écran qui grésille. Avec de Gaulle, il y a ces patronymes qui échappent aux foudres de ma mère : des résistants de la première heure, compagnons de la Libération. Ils reviennent dans les conversations, comme pour sauver l'héritage du Général. Louis Ternoir. Mystère de ce nom qui révèle, le premier, les crimes de Papon. J'entends *terre noire.* Ce sont ces rares gaullistes, ou chrétiens déclarés. Ils feraient presque partie de la famille. Sans y entrer toutefois. Il y a Jacques Duclos. Le paysan rondouillard dont l'accent rocailleux et les bons mots font un communiste sympathique. Et aussi François Mitterrand, dont l'éloquence parvient à impressionner ma mère pendant la campagne présidentielle de 1965. « Tout de même, il a parlé sans la moindre note. » Il nous avait fallu descendre au septième étage pour trouver une télévision.

Nous finissons toujours par revenir vers ces lieux que nous pensions avoir abandonnés. Ces zones qui nous collent à la peau.

Dix ans plus tôt, c'est au retour de l'une de ces soirées à Colombes qu'une scène va s'imposer comme un film noir. Un polar des rues. Dans la 2 CV dont le siège arrière me rivait sur la barre centrale, séparant en deux la banquette arrière, je ne dors que d'un œil. J'entends la nuit et la ville qui s'étire. Cette 2 CV, dont il me semblait évident que le capot avant ressemblait comme deux gouttes d'eau au visage de mon père. Cette coiffure en pointe, c'était le capot qui plongeait avec élégance vers le pare-chocs. Une voiture qui semblait tousser de toutes ses pièces. Je m'étais endormi, brinquebalant au milieu de mes deux sœurs, quand on cogna brutalement à un carreau coulissant de la porte avant droite. Revenant de Colombes, mon père avait emprunté le boulevard qui enjambe le pont de Suresnes. La 2 CV, immobilisée au feu rouge. C'est l'hiver. J'ai souvent été frappé par l'ambiance des vieux films policiers en noir et blanc. *Le Cercle rouge*, *Le Samouraï*. Cette faculté de fixer à jamais l'atmosphère de Paris, sa banlieue, jusqu'au début des années quatre-vingt-dix. Bistrots d'ouvriers. Façades branlantes. Putains des chantiers où les ouvriers algériens et portugais se consolent du labeur.

Ma mère eut à peine le temps de rabattre la vitre qu'une main nerveuse lui attrapait le col de son manteau. Un visage dur, comme buriné de soleil, apparut dans le haut de la portière. Ce visage était ensanglanté. Le sang coulait le long des pommettes. L'homme était un Arabe d'une cinquantaine d'années. Il pleurait maintenant, comme pleure un enfant qui a tout perdu. Les cris qu'il poussait redoublaient ma peur et mon anxiété de le voir nous bousculer. Il semblait crier vengeance. Je sais bien aujourd'hui que ses cris semblaient venir de mon propre sommeil. Des cris dans la nuit de Nanterre. Il faudrait savoir si ce genre d'événement peut concerner un enfant de six ans qui dort dans la voiture familiale. Les cris d'un homme qui avait dû voir et entendre mourir ses copains, plus loin là-bas, vers la Seine.

Mon père avait fini par garer la voiture sur un bout de trottoir, le long d'une palissade. Il est descendu. Il a pris l'Arabe par le bras. Et ils se sont éloignés tous les deux. J'ai cru, cette nuit-là, que je venais de perdre mon père. Je pensais : il ne reviendra jamais, tant mon attente fut longue, et impatiente. Mais, lorsqu'on est jeune, le temps nous semble infini. C'est que nous avons tant d'années à vivre, tant d'aventures devant nous que nous sommes capables de nous ennuyer. Plus tard, à force de tout gaspiller, nous allons nous rendre compte que tout passe si vite.

Plus de cinquante ans après les faits, je suis bien obligé d'admettre que ces incidents du quotidien ont orienté une partie de ma vie. La madone fatiguée du dixième étage – dans mon souvenir d'enfant, avec ses cernes, ses grosses cuisses. Cette manière de m'interpeller dans le hall, près des boîtes à lettres. Un secret partagé. Dans mon souvenir, un bref sifflement que je reconnais immédiatement. Son regard qui me transperce. Un léger sourire. Une expression silencieuse qui voulait dire : *Viens vite*. L'Arabe ensanglanté sous la pluie froide du pont de Suresnes. Mon père qui s'éloigne de la voiture pour ne plus jamais revenir. Les yeux maintenant bien ouverts, ma peur avait redoublé devant le visage de ma mère. Le souvenir impossible de Jean-Jacques. Ces quelques mots, lâchés par le professeur d'anglais : « Madame, votre fils ne fera rien de bon. Il faut lui trouver rapidement un métier. » Ce rejet qui me concerne si vite. Et maintenant, le carnet qui confirme tout.

Ma mère, morte en 1989, semble me livrer pour la première fois ce genre de vérité impossible à entendre au creux de l'enfance. Les pages jaunies que je tourne, ébahi, me parlent à des années de distance de l'école. Je n'ai donc pas rêvé. Il suffit de lire. L'écriture galope avec aisance. C'est elle qui écrit. Jamais mon père. Elle encore qui m'accompagnera quand, tremblant comme une feuille, j'obtiendrai mon premier rendez-vous à la radio, avec un monstre des médias.

Septembre 1967 : « PL est passionné par le sport. Football surtout. Fait de la natation et du foot le jeudi avec son père. »

Les « événements de Mai 68 » – expression favorite de la famille – expliquent la reprise tardive.

Mes parents refusent de m'envoyer à l'école durant plusieurs mois. Ils sont de piquet de grève. Réunions de cellule, le soir, jusqu'à pas d'heure. Et vente, chaque dimanche matin, du journal *L'Humanité*. Réunions de *cellule*... Je me suis souvent demandé si mon père et ma mère n'étaient pas obligés de passer du temps en prison afin d'élever toute la famille. On les laissait ressortir très tard le soir. Et nous nous retrouvions tous les cinq pour fêter leur libération.

J'en profitais pour me perdre dans les terrains vagues de Nanterre. *Terrains vagues*. Difficile de trouver plus belle expression, quand il s'agit de désigner la fugue. Les dérives. *Terrains vagues* qui enchantent mes départs au cours de ces années soixante. Ils ceinturent la banlieue et marquent une forme de reconstruction générale. On les trouve sur les hauteurs de Nanterre, à proximité des bidonvilles où je m'aventure avec mes copains de flânerie. Arnaud, Christophe, Manuel...

Plus tard, à l'adolescence, la lecture des *Illuminations* de Rimbaud en rajoute à cette merveille de rupture avec l'école. Pas d'école en 1968. Les parents mobilisés nuit et jour contre le pouvoir du vieux Général. Je peux vadrouiller tranquille et préparer mes prochains échecs scolaires. Le *terrain vague* est plein de dangers, de pièges, de rencontres aussi, furtives et sensuelles. La zone s'accroche à quelques pentes du mont Valérien, où mon père m'emmène courir.

Ce sont les terrains en friche de Nanterre que je préfère par-dessus tout. Le jour, on sort les paquets de Galia dont le bleu clair, la légèreté ont le pouvoir de nous transporter. Il y avait un garage à ciel ouvert, comme détruit par l'abandon. Près des usines Simca. Et une immense champignonnière qui finissait en contrebas, vers le lycée Joliot-Curie. Les plus grands nous cueillaient parfois quelques feuilles, dont on disait qu'elles pouvaient nous emporter loin dans des rêves pleins de couleurs.

Avec Arnaud, dont les mèches blondes brillaient comme des lucioles dans nos nuits de novembre, on se cachait pendant des heures contre toutes sortes de parpaings, échelles défoncées, débris de trottoirs. On ne se cachait de rien. On se cachait du monde qui semblait nous avoir laissés tomber si tôt dans notre vie. Alors on fuyait en direction des *terrains vagues*. Ils étaient si nombreux. On aurait dit qu'ils étaient faits pour nous. Inconscience et paresse mêlées.

C'est dans l'un de ces replis de la ville que mon copain Arnaud me dit, un jour de grande balade, pourquoi il ne faisait pas de sport. Arnaud Cabréra. Père massif. Espagnol. Mère ronde et douce comme les jolies prunes violettes qu'elle nous offrait de son jardin. Arnaud avait une bouche qui penchait doucement à gauche. Sa lèvre inférieure semblait trembler. Fragile. C'est à peine si l'on remarquait ce déséquilibre.

La lèvre s'agitait légèrement quand Arnaud s'agaçait. Mais cette disgrâce, presque invisible, lui faisait un visage déjà marqué. Préoccupé. Il y avait dans ses yeux clairs comme des passages de tristesse qui m'impressionnaient.

« J'ai un souffle au cœur », me dit-il.

Plus jamais je n'oublierais cette confidence de mon copain des rues. *Souffle au cœur*. J'essayais de comprendre ce qu'un souffle pouvait avoir de dangereux pour un cœur qui aurait dû battre au même rythme que le mien. Il m'avait dit cette chose en baissant la tête, ses beaux yeux clairs brusquement mi-clos ; *souffle au cœur*. Une chose interdite. Répréhensible. Et qui devait enfin m'expliquer la raison pour laquelle il demeurait habillé, avec son joli col roulé et son pantalon à pattes d'éléphant, là, sur le banc de touche, pendant que nous jouions avec enthousiasme.

Souffle au cœur, c'était aussi le titre du film de Louis Malle, dont les affiches ne cessaient plus de m'intriguer. Je finis par demander à ma mère si ce film était l'histoire de la maladie d'Arnaud. Esther me répondit, désolée :

« Tu es trop jeune pour comprendre, Pierre-Louis... C'est l'histoire d'une maman qui aime trop son enfant. »

J'étais perdu. Sur le coup, je me suis dit qu'il était impossible de *trop* aimer son propre enfant. Plus tard, découvrant le chef-d'œuvre de Louis Malle, la beauté folle de Léa Massari, je devinai comme l'inceste était une chose difficile à expliquer à un enfant de treize ans à peine.

Arnaud, c'était celui qui n'avait jamais réussi son devoir ; en définitive, il avait la meilleure note. Je me disais en secret que, si sa mère l'aimait trop, ça ne l'empêchait pas d'être le meilleur de la classe...

Pour disparaître définitivement de la classe – cette fameuse année où je vais plonger, juste avant de rencontrer la lumière de Van Gogh –, je m'étais placé tout au fond, me promettant de ne plus rien voir du tout. Loin. Le plus loin possible. Avec ma myopie, je me trouvais ainsi dans ce délicieux brouillard, ce territoire un peu flou qui scellait ma mise à l'écart. « Madame, votre fils ne fera jamais rien de bon. »

Aujourd'hui, il me serait facile de casser la figure à cette professeure arrogante et si sûre d'elle-même. *Votre fils ne fera rien de bon...* Elle est morte, sans doute, au moment où j'écris ce livre. Qu'importe. Plus de cinquante ans ont passé. Elle s'appelait Mme Tanguy. Elle a emporté dans sa tombe mes propres angoisses. Ce sentiment que je ne pourrais rien faire de *bon* dans ma vie d'homme. Oui, ces nombreux incidents ont dû contribuer à la solitude.

Plus implacable : la peur de l'abandon. Je me contente d'imaginer la catastrophe si la rencontre avec Van Gogh n'avait pas eu lieu. Il m'est souvent arrivé, au cours de toutes ces années, de penser à un simple rêve. Je n'aurais fait qu'inventer la découverte des *Roulottes.* Une manière de faire un roman d'une chose qui n'a jamais existé. J'aurais ainsi été capable de surmonter seul tous ces obstacles, souvent psychologiques, qui se dressaient devant moi. La certitude que je n'étais pas fait pour accéder au meilleur de l'existence. C'est-à-dire être aimé, désiré, ne serait-ce qu'au travers du métier qu'il faudrait choisir. Mais le carnet tenu mois après mois par ma mère, toutes ces lettres que je retrouve, sont les preuves incontestables du parcours.

Et comme s'il fallait un écho supplémentaire aux *terrains vagues* de 68, ces zones où les surprises peuvent déboucher sur des bagarres, des couteaux qui traînent, des filles qu'on veut embrasser dans le cou, ma mère note de son écriture souple et bleu marine : « Pierre-Louis est très violent. »

Car la mise à l'écart fut aussi un merveilleux entraînement à l'observation humaine. Comme s'il me fallait admettre, dès l'enfance, que toute construction sociale n'était qu'une illusion à porter avec courage et détermination. Raison pour laquelle il m'aura été impossible de me *fixer* dans un lieu, un comportement.

Comme une obsession, j'observe du coin de l'œil le passant bouffi d'arrogance. Ces quelques pantins provinciaux qui avancent comme des faisans et font la roue, chaque matin, devant ceux qui s'écartent avec docilité. Plus loin – et nous les apercevons plus distinctement à Bernay où j'habite aujourd'hui –, les autres, les parias. À quel moment le train a-t-il déraillé ? Ils n'étaient que des enfants un peu perdus. Ils ont plongé dans la nuit noire de l'indifférence et du rejet.

Pour moi, les dés semblaient avoir été jetés dès l'année 1971. D'un côté se trouvait l'ombre fraîche, délicieuse, de la paresse et des terrains vagues. Une espèce de laisser-aller avec le temps, de dérive, comme il est si bon de dériver en barque au fil de l'eau. Un territoire de brouillard où nous faisions la loi du désir. De l'autre, il y avait cette vie qui ne repasse jamais les meilleurs plats. Il fallait en urgence y trouver la bonne place. Mes jours étaient comptés. Comme ceux du prisonnier avant le retour à la liberté. Rien n'a changé. Il m'aura fallu simplement *trafiquer* avec la réalité pour y trouver ma place.

J'apprends que le tableau de Van Gogh, peint en 1888, a beaucoup voyagé. Longtemps, il fut dans l'une des salles du musée du Jeu de paume. De 1945 à 1987. Avant de trouver un nouvel accrochage. Il est désormais au musée d'Orsay. Il va falloir que j'obtienne ce rendez-vous, pour le retrouver les yeux dans les yeux. Comme je l'ai trouvé ce dimanche de décembre 1971. Ce dimanche où il me fallait réussir un beau sujet de rédaction ; une histoire, pour le professeur de français.

Cela semblait perdu d'avance. J'avais quitté la filière classique. *Bon à rien*, avait dit Mme Tanguy. J'avais rejoint ces classes de *transition*. J'étais en *transit*. Comme aujourd'hui ces camps, à la périphérie des villes, où l'on place tous ceux qui seront toujours de passage. En *transit*. À moins d'un miracle. Le miracle de décembre 1971. L'Orangerie.

Il s'agissait d'une exposition temporaire consacrée au peintre hollandais. Seul le campement, sur la toile miraculeuse, a traversé mes années.

L'Orangerie, ce simple mot qui va faire comme un tour de passe-passe. Ce tableau qui va réussir à me faire remonter la pente. À m'accrocher aux branches qui ondulent ce jour d'hiver. Et, même quand je serai remonté à la surface, je ne pourrai plus jamais me défaire de la honte de n'être qu'un *bon à rien*. Il me faudra avancer avec cette pancarte invisible que portent tous ceux que nous avons fini par oublier.

C'est écrit dans le carnet de santé.

Esther me parle maintenant le plus doucement possible de ce moment où tout s'est joué. L'appartement de Nanterre s'est éloigné. Mais les rêves, qui ne cessent jamais de nous accompagner, ont la précision diabolique du souvenir. Le couloir étroit qui efface l'entrée. La salle à manger ouverte directement sur le balcon. Un rêve, si précis dans ma mémoire. Je pourrais prendre l'ascenseur et appuyer sur le bouton du neuvième étage. Je croiserais peut-être la madone. Une vieille femme dont le regard serait toujours aussi pénétrant. Vicieux. Je sonnerais à la porte. Personne. Mais juste en face, il y aurait les voisins – les deux filles, surtout, Brigitte et Michelle –; ils viendraient m'ouvrir.

Il n'y a plus rien. Ma chambre d'enfant, tout au bout du couloir, est scellée depuis tant d'années. Les morts. Les disparus. Toute la famille s'est dispersée. Ils ont fait leur vie. Une sœur médecin. Une autre a taillé la route. Belgrade. Zagreb. Salonique. Les îles grecques. Toujours plus loin. Comme des fugues pour échapper à la famille. C'est elle, la voyageuse, qui va me montrer Van Gogh. Ce dimanche de décembre 1971. Ce dimanche qui va enrayer la chute. Comme on se jette du balcon, afin d'échapper à la pesanteur des jours.

Une fois dans le vide, plus personne pour vous tendre la main. La chute. D'abord la 6e. La découverte du lycée. Puis la renaissance mystérieuse.

Septembre 1969 : « Il entre en 6e. Très inquiet. Il faut le rassurer. Les premiers jours, il est nerveux et fatigué. Année troublée. De la peine à s'adapter. Heurts avec deux professeurs qui ne l'ont pas compris. Rude bagarre en fin d'année. Passe en 5e II A. »

Décembre 1971 : « Pierre a repris confiance. »

D'ailleurs, quand le professeur de français – petite tête en forme de lézard – finira par rendre ma copie – cette rédaction qui va tout changer –, il aura ces mots, en me regardant fixement dans les yeux. Ses yeux immobiles, comme vissés dans deux cavités qui leur servaient d'orbites. Cinquante-huit ans ont passé. Les yeux, la voix métallique, ce corps minuscule qui allait en tous sens dans la classe ; ce corps frêle, coincé dans un costume noir à fines rayures. M. Camzat a dit : « C'est ennuyeux, je vais être obligé de vous mettre 18/20, sachant bien, jeune homme, que ça n'est pas vous qui l'avez écrite. »

Lui aussi est mort depuis longtemps.

Il aura fallu que je revienne, haletant, devant *Les Roulottes*, pour mieux comprendre cette chance. L'incendie de lumière m'avait emporté. Les enfants, à peine visibles, qui jouent dans l'herbe brûlée. Cette brise qui semble gonfler les toiles des roulottes m'avait ouvert les yeux. Il avait suffi de ce dimanche. La réflexion du professeur n'avait que peu d'importance. Au jeu de la roulette russe, c'était moi désormais qui décidais de tirer ou non, à balles réelles, sur ma vie d'enfant. Mon cas devait être scellé pour l'école. Qu'importe : j'avais aperçu cette beauté foudroyante dont il faudrait que je fasse quelque chose. Cette beauté, ce carré de lumière que j'avais à peine remarqué dans mes retransmissions de sport, ou mes échappées dans les terrains vagues de Nanterre. Retrouver le goût de vivre. Un métier, des livres. Une vie à observer avec amusement le monde des adultes.

Et maintenant que toutes les sanctions se sont éloignées, que les jugements se font plus rares, je ne peux m'empêcher de penser au soleil des roulottes, dans les rues de tous les jours. Il suffit de lever le nez. D'écouter toute cette rumeur de l'abandon. C'est cela que j'ai toujours pensé, depuis ce moment où le professeur, qui est mort, m'a regardé dans les yeux. Oui. Cette chose qui revient si souvent. L'abandon. L'oubli.

Il me suffit de croiser dans la rue ce jeune homme abandonné depuis tant d'années. À Bernay comme ailleurs. L'abandon. Le rejet. On dirait bien qu'ils sont de plus en plus nombreux à chercher le bon cap. Tout ce qu'ils n'ont pas réussi à trouver. C'était là, pourtant. Tout près du cœur. Une chose simple à conquérir. Il fallait un peu d'envie et de persévérance. Il fallait croire en sa bonne étoile. Surtout ne jamais renoncer.

Je l'aperçois, ce jeune homme, dans les rues de Bernay. Il jure un peu avec les jolis commerces. Il passe devant les vitrines sans les regarder. C'est le bohémien taciturne et beau d'une ville qui l'a oublié. Je l'observe à la dérobée. Le cheveu noir et plaqué contre les tempes. Il passe. Glisse, presque. Le collier de barbe parfaitement taillé. On dirait qu'il marche vers un bal inconnu. Une veste lourde de pluie et de transpiration mêlées.

Une veste trop large, et dont il remonte le bas des manches. Son jean, il le porte sur ses chevilles tendres et musclées. Il a été un enfant dont l'école n'a jamais voulu. Alors, maintenant, il marche tout seul. Avec sa belle gueule d'acteur à n'y pas croire. On pense à Marlon Brando, ou Benicio del Toro. L'été, il abandonne son pantalon et se coule dans la rivière qui traverse la ville de part en part. Cette rivière, il ne veut pas se contenter de la regarder scintiller. Elle lui fait envie. Il se jette et se baigne sans dire un mot. Il repart. Nul ne peut savoir où il file. Sa voix est grave. Je l'ai entendu demander doucement une cigarette. On l'évite. Il fascine et fait peur. La nuit – surtout l'été –, un bel canto inouï monte de sa gorge et s'enfonce dans les venelles. D'où vient ce chant ? Cette voix si profonde et assurée ? C'est lui. Le gitan qui nous offre son talent. Il chante et sourit à la fois. C'est un sourire léger, presque invisible, au bord des lèvres. Une façon de se remercier lui-même, peut-être. De se dire qu'il est encore parmi les autres. Disparu. Loin. Mais présent tout de même, avec toute cette beauté qui monte dans la nuit de Bernay.

Les matches que je pouvais suivre à la télévision ou à la radio modelaient un territoire devenu pour moi seul une zone de rêve. De départs et d'oubli. Une expérience esthétique, aussi. Une atmosphère, de la beauté, dans un univers qui en manquait cruellement. Une scène me revient en mémoire, sa lumière, et le nom d'un joueur impossible à oublier : Ove Kindvall. Chose étrange, il s'agit d'un premier rendez-vous avec les Pays-Bas, le Feyenoord Rotterdam, lequel remporte sa première Coupe d'Europe le 19 mai 1970. Mon père avait souhaité conserver le poste de télévision, loué deux ans plus tôt à l'occasion des jeux Olympiques de Mexico. L'autorisation de ma mère pour regarder cette grande finale européenne me permet de m'évader. Kindvall… Il inscrit le but de la victoire, aux dépens du Celtic Glasgow. Le ballon est blanc. Une pleine lune mobile, gracieuse. Les filets, immaculés, dans des buts dont les barres qui les soutiennent sont recourbées. Une chose me plaisait tout particulièrement : le noir et blanc de l'écran en rajoutait dans cette nuit de victoire. Le terme d'une grande finale européenne ou mondiale semble trembler devant nous. Comme si le sport possédait encore les ressorts d'une tragédie. On devine alors que l'arbitre ne va plus tarder à donner le coup de sifflet final. On est comme *suspendus* à ce coup de gong. Il marquera pour moi le moment d'aller me coucher. Puis, très vite, de désirer un autre grand match qui permettra de s'échapper.

Il faudra cette découverte d'une peinture qui ne m'était pas promise pour que je prenne mes distances avec le seul spectacle du sport. Je ne savais pas encore – sans doute le devinais-je, à *fleur de peau* – que celle qui m'emmènerait un dimanche à l'Orangerie se trouvait, à sept années de distance, dans une position qui ressemblait à la mienne.

J'avais été le fils tant attendu par mon père – quand ma mère avait longtemps versé des larmes durant sa grossesse. Mais que dire d'une enfant qui venait au monde en 1951, trois ans à peine après la disparition de Jean-Jacques ? Elle était celle qu'il faudrait *garder* à tout prix. En dépit de tous les risques, tous les pièges que la vie a la cruauté de réserver aux familles. Ma grande sœur se trouvait au bord de la falaise. Le nez au vent. Près de la rambarde. Ce vide, cette absence, qui faisaient comme un trou noir à combler pour toujours. Peut-on imaginer plus grand danger que celui qui consiste à conserver la peur, une forme de tremblement à l'égard des événements qui fondent une vie ?

Un jour de printemps 1951 – ma grande sœur n'avait que quelques semaines –, ma mère promenait, heureuse, son enfant dans sa poussette. Sans y prendre garde, elle s'approcha du passage clouté, quand un bus lancé à vive allure fut tout près d'emporter la petite qui dormait.

L'anecdote s'est incrustée dans ma mémoire. Mais, à rebours de cet effroi, qui peut savoir si l'enfant de la poussette n'a pas trouvé dans ce jour de printemps affolé la force et l'énergie indispensables pour gagner sa propre liberté ?

On voudrait remonter le chemin sacré de l'enfance. Le simple fait de se retourner vers ces années disparues prend des allures d'enquête policière. Les éléments dont je dispose sont devenus des pièces à conviction. Lettres, carnet de santé, bulletins scolaires, agendas. Ils sont la trace ultime de ces vivants que nous avons aimés. Ils en disent davantage que les photos, qui ne révèlent qu'une pose, un sourire, un *air* qui nous échappent.

Tandis que les photos nous empêchent de retrouver l'imaginaire de notre enfance, ce sont les écrits qui fixent le temps. Ces *moments* dont nous ne faisions pas partie. Ces lettres que je découvre bien des années après la disparition de ma mère déclenchent le révélateur dans une chambre noire. Elles me disent la rage, le danger durant la clandestinité. L'angoisse et le chagrin de ne pas voir revenir son père déporté dans les camps. Elles me révèlent, dans l'intimité délicieuse de l'écriture, l'amour fou de mes parents. Pour la première fois de ma vie avancée, on dirait que j'aborde enfin la jeunesse secrète d'Esther. Je tiens dans mes mains toute une vie qu'enfant je ne pouvais qu'ignorer.

L'injustice : il est souvent trop tard pour s'approcher au plus près des êtres les plus chers. Trop tard pour comprendre. Impossible de toucher la lampe des confidences. Tandis qu'une jeune femme de dix-neuf ans écrit sa peine et ses amours, la guerre tout juste terminée, je mêle l'écriture à la voix de ma mère qui ne m'a jamais quitté.

> « Cognac, le 23.5.45,
> Ces jours-ci, j'avais un cafard épouvantable – surtout après la lettre de maman, une lettre de reproches comme jamais elle ne m'en avait encore fait. Et des reproches bien injustifiés car j'estime qu'ici, j'ai une conduite qui ne mérite aucun grief.
> Je lui pardonne car je sais que tout cela lui était dicté par le chagrin depuis qu'elle voit les prisonniers revenir et qu'elle n'a aucune nouvelle de papa. »

Ma mère fait simplement allusion à cette liesse qui traversa brutalement le pays. (Les représailles qui n'allaient plus tarder.) Elle était allée danser avec quelques camarades.

Plus loin :

> « On ne peut oublier les souffrances que supportent encore tant de gens – et les empreintes qu'auront laissées derrière ces brutes immondes. »

Une autre lettre témoigne d'un bonheur fou : le père qui rentre des camps. Pierre rejoint Nantes, au terme d'un long voyage à travers l'Europe des Balkans. Les SS ont fui le Loibl Pass, commando de Mauthausen. Le « *Ljubelj* », disaient à voix basse les fermiers, voyait passer les colonnes de déportés se dirigeant vers le tunnel construit de leurs mains. Pierre, diminué, est laissé sur place. Libéré par les partisans de Tito, il est soigné à l'hôpital de Golnik.

Impossible de travestir l'histoire. Ces mots de souffrance, que je retenais, enfant, au creux de ma mémoire, voilà qu'ils me reviennent comme le souffle des damnés. Les coups de cravache. Les balles dans la nuque pour s'amuser. Le froid. Un carnet avachi par le temps, presque en lambeaux, me les renvoie.

Remis aux bagnards, à leur arrivée dans cette montagne rugueuse de Slovénie. Une aiguille rouillée ferme encore le carnet glissé dans le pyjama rayé. Au fil des pages, ces brèves indications semblent traverser l'histoire comme un éclair. Pierre se sert du carnet et note au crayon ses étapes jusqu'à Nantes.

« Lubiana, Trieste, Udine, Bologne, le 16 à 17 heures (vu section du Parti), Florence, Rome, Naples. J'embarque le 7 pour Marseille… »

Une errance de quelques heures dans les rues nantaises. Trop amaigri pour que Blanche, ma grand-mère, parvienne à le reconnaître. Pierre a quarante-trois ans. Une fille unique, Esther. C'est elle encore qui s'adresse, le 6 juillet 1945, à mon père, le beau gosse un peu bohème.

> « J'ai reçu la lettre de Blanche [ma grand-mère], dans laquelle elle me joint la lettre de papa envoyée à mes grands-parents. J'en tremble encore. En décachetant la lettre, j'ai tout de suite reconnu l'écriture de papa.
>
> Tu dois deviner que mon impatience est tellement grande, que je ne sais plus ce que je fais. Ils ne peuvent rien tirer de moi au bureau. Ils s'arrachent les cheveux, mais ils m'excusent, sachant la raison.
>
> Mon Yves chéri, nous serons bien vite ensemble ; tous ensemble, et cette fois pour toujours. J'ai bien la certitude que rien, désormais, ne pourra nous séparer. Dis-moi si tu es de mon avis. Écris-moi souvent, car c'est mon seul bonheur. Nous attendons toutes les nouvelles avec une impatience fébrile. Je voudrais vieillir de plusieurs jours pour te lire enfin. Tu dois

> dire que je suis bien exigeante, moi qui étais, et me disais, le contraire. Je te quitte avec l'espoir de te revoir bientôt et de t'embrasser comme avant. Sache que je t'aime toujours et que je pense sans cesse à toi. »

Le papier à lettres est à peine froissé. Plus souple peut-être, sous les doigts. Plus de soixante-dix ans ont passé depuis qu'une jeune fille de dix-neuf ans s'est penchée, un jour de pluie, pour dire sa joie, ses craintes et ses rêves d'avenir. Ces lettres ressemblent déjà aux inquiétudes de celui que je deviendrai plus tard. Elles tracent une ligne que nous allons bientôt parcourir, avec Jeanne et Solange, mes sœurs. Ce désir d'absolu, et en même temps cette fragilité, cette crainte de l'abandon. Elles me bouleversent, non parce qu'elles disent une identité, mais parce qu'elles révèlent l'exigence de bonheur. Toutes ces lettres. Ces notes, année après année, dans le carnet de santé.

Et ces lettres se transforment. Le cachet des enveloppes disait une époque précise; une date, des impatiences. Maintenant, elles transportent des voix englouties. Il manque toujours quelque chose à cette photo de ma mère, jeune, lascive et joyeuse, dans les dunes, face à l'océan. Oui, un manque. Quand la photo a la prétention de nous combler, la lettre convoque des échos en cascade.

C'est bien cette jeune fille, à la fois héroïne inconnue et amoureuse éperdue, qui me dit ces choses à l'oreille du temps. Maintenant que ces lettres se déplient devant moi, je remonte avec aisance le fleuve de toutes ces craintes qui m'empêchaient d'affronter l'école. Celle qui me soutenait comme l'oisillon, jour après jour, nourri dans la bouche même pour ne pas mourir, saura trouver les mots pour me tirer de sales draps. Elle refusera ma déchéance scolaire. Se battra comme une lionne pour me remettre dans le droit chemin. Certes, le soleil de Van Gogh me fera comprendre la nécessité de lire et de travailler. Mais cette femme, ma mère, n'aura rien lâché. Jusqu'au bout. Jusqu'à sa disparition, le 6 mai 1989, vers midi.

Plus tard, il y aura à fois de la fadeur et ce sentiment de supériorité à l'égard de ceux qui n'ont pas connu ces moments sombres. L'amour n'est pas en cause. Mais parce qu'une nuit de novembre 1948, absente, elle avait tout perdu de la vie, Esther fut incapable de ne pas vouloir *posséder* ces êtres, dont le destin serait de lui échapper. Ses propres enfants.

C'était pire encore lorsque la politique s'en mêlait. Il demeurait impossible de lui apporter la moindre contradiction. Cette femme, que sa beauté gracile et brune n'avait pas empêché de braver les pires dangers, demeurait communiste comme on respire à pleins poumons. Les lettres de ma mère témoignent ainsi, bien des années plus tard, d'une extraordinaire tendresse et fragilité amoureuse. Tout ce qu'une vie entièrement dédiée au communisme ne pouvait tolérer.

Encore une fois, l'amour et le fait d'avoir été au rendez-vous des siens n'est pas en cause. Mais il était question alors d'une époque où la faiblesse politique – quel que soit son camp – était impossible à envisager. La famille était en quelque sorte le prolongement joyeux, ou funèbre, d'un communisme qui se poursuivait dans les réunions de cellule. Deux mondes s'affrontaient alors au sein même de notre unité. La guerre froide ne pouvait se trouver uniquement à l'extérieur. Il y avait le monde des anciens résistants – les vrais, pas ceux qui tondaient les filles –, les communistes, quelques gaullistes et chrétiens, et puis les autres, dont l'étiquette finissait toujours par s'imposer pendant les repas : les anticommunistes. C'est ainsi que je fis, dès l'âge de seize ans, l'apprentissage d'un partage qui s'en prenait forcément aux arts et à la littérature.

Le carnet de santé avait cessé de jouer son rôle dès lors qu'une peinture m'avait relancé dans les études. Les pages sont devenues blanches en 1976. L'entrée en terminale littéraire ; la découverte insensée, massive, de ces livres qui me permettent de m'enfermer dans ma chambre durant des heures entières. Ce moment où je m'engage doucement dans l'âge adulte.

L'école, j'avais cessé de l'aimer depuis bien longtemps. Mais quelque chose de nouveau s'était glissé dans le cartable que je portais sur mes épaules d'adolescent. Certes, il y avait eu l'obligation de choisir le russe en seconde langue, dès la quatrième – j'entends encore la voix d'Esther me criant dans la cour du lycée le nom du professeur que je devais rejoindre sans discussion aucune, Mme Grabowsky, mais qu'importe. Désormais, on aurait dit que j'étais sur le *départ*. Il me sembla qu'il était enfin possible de concilier beauté, poésie et ascension dans la vie de tous les jours. Un horizon avait commencé à se déplier devant moi. Une liberté qui n'était plus un débordement sauvage, parfois imbécile, de tous mes sens. Les livres, tous les livres, seraient capables de mettre de l'ordre dans mon travail et, dans un même mouvement, de me permettre d'ouvrir toutes les fenêtres du monde.

C'était aussi la terrible promesse de m'éloigner d'une femme merveilleuse, ma mère, dont l'amour inouï, le sacrifice étaient indissociables d'une possession totale.

Le communisme avait ceci de commun avec la bourgeoisie traditionnelle qu'il ne supportait pas que l'on sorte du rang. Rien de plus dangereux que la lecture. C'est une porte qui s'ouvre à l'infini. Une autre porte semble se refermer sur tous ceux qui vous accompagnent. Le risque existait que je m'éloigne du modèle communiste. Ma mère aimait les livres, la peinture, le cinéma et les arts. Mais les dangers qu'elle avait bravés durant la guerre, dès l'âge de quinze ans, avaient eu raison des études et d'une érudition plus vaste. Elle avait choisi, encore adolescente, le risque et la clandestinité, aux dépens d'un confort douillet dans les draps du savoir. Cette écriture si sûre d'elle-même, son goût pour l'analyse et la discussion, une volonté de fer lui promettaient un avenir sans faille.

Le grand mystère de ces échos dans les familles.

Fille unique, plongée dès l'âge de quinze ans dans une atmosphère de danger constant, elle dut mettre de côté ses études afin de coller au plus près de la Résistance. La littérature, la création ne manqueraient pas de nous séparer.

Étrange paradoxe : ma mère avait été cette femme incroyable, pistolet à la ceinture, capable de me protéger de l'échec scolaire, une louve m'encourageant à débuter une classe préparatoire. Mais, dans le même mouvement, il y avait une méfiance, presque une défiance à l'égard d'un savoir qui m'entraînait vers des *terrains vagues* incontrôlables. Lire pendant des heures, des jours, des semaines ne pouvait constituer un métier; dessiner un avenir. Et, tandis que ces horizons débouchaient sur toutes sortes de questions, de remises en cause politiques, je savais bien qu'une forme de mélancolie ne manquerait plus d'envelopper celle qui nous avait tant protégés.

« Rude bagarre en fin d'année », observe ma mère à la fin de l'année scolaire 1970.

La bagarre toujours, pour protéger les siens. Jusqu'à mettre en péril son propre métier de secrétaire du proviseur, au lycée de Nanterre, lequel finirait par obtenir son licenciement. *Rude bagarre*… Comme s'il fallait toujours en venir aux mains, à l'esclandre, à l'affrontement pour que justice soit faite.

Rude bagarre… Comme cette enfant qui porte son baluchon de lettres et planches des fusillés de Châteaubriant. Elle a seize ans à peine. Au lendemain du massacre des otages dans la carrière. Seize ans. Ce 23 octobre 1941. Elle est mince et légère, comme une libellule. Elle aime danser. Elle dansait avant guerre dans la campagne nantaise. Danseuse, c'était son rêve, pour plus tard. Cette jeune femme qui s'active pour brûler dans le poêle de l'appartement nantais tous les tracts de Pierre, arrêté en décembre 1942. La jeune fille, presque l'enfant, qui se lève en classe et explique, sourire aux lèvres, pour quelle raison elle n'écrira pas de lettre au maréchal Pétain.

Tous ces actes, ces engagements, dispersés au vent de l'histoire. L'oubli. Personne ne se souvient de la jeune fille aux boucles brunes. Plus personne ne peut témoigner. Je me dois de conserver toutes ces notes, ces rapports des cours spéciales après l'arrestation de son père, qu'elle tente de protéger jusqu'au bout. Les lettres aussi.

> « ÉTAT FRANÇAIS. Paris, le 19 décembre 1942,
>
> DIRECTION GÉNÉRALE DE LA POLICE NATIONALE,
>
> Le commissaire de police de Sûreté Jouhaneau,
>
> J'ai l'honneur de vous faire connaître, ci-après, les résultats de l'enquête :
>
> GAUDIN Pierre, *alias* LAGADEC [mon grand-père], né le 20. 10. 1902 à Bouguenais, Loire-Inférieure
>
> KOHN IGNATZ, *alias* DIETZ Martin, né le 15. 10. 1906 à Strie (Pologne)

> Étaient surpris à Chaville au moment où ils se rencontraient pour une remise d'instruction. Une perquisition a été menée au domicile de la femme Gaudin, rue des Marins à Nantes. Des documents ont été découverts. La femme Gaudin a été trouvée en possession d'une fausse carte d'identité au nom de Delage, ainsi que sa fille [ma mère], surnommée Danielle. »

Nous sommes faits de ces souvenirs, ralentis par l'oubli. Les rôles allaient être distribués. Avec mes deux grandes sœurs bientôt, ce serait pile ou face : se tourner vers ce passé, ou bien l'ignorer. C'est plus tard que je creusai mes impressions. Mais, dès l'enfance, il me semblait qu'une sorte de brume épaisse, un mystère de vie ne cesseraient plus jamais d'accompagner les miens.

Des livres, souvent les mêmes, donnaient à voir l'horreur des camps de concentration. Ils ne m'ont jamais quitté. C'est au cours de l'un de mes nombreux déménagements que ma fille me pria avec autorité de jeter à la poubelle une assiette en porcelaine, commémorant le 25e anniversaire de la libération de Mauthausen.

Le monde des adultes s'imagine pouvoir créer des ponts, solides et prometteurs, avec la jeunesse.

Une génération avait abandonné dans les plaines de Silésie les caves où les amis tombaient, l'épaisseur de leur première vie. C'était une illusion d'espérer que nous pourrions partager cette souffrance. Nous recevions des éclats. C'était suffisant pour déposer sur notre enfance comme un voile d'interrogation et de tristesse. C'est ainsi que je m'échappais dans les terrains vagues. Pourquoi prendre au sérieux, dès l'enfance, une existence dont les anciens nous affirmaient qu'elle serait toujours menacée par le pire ?

Un soleil m'a redonné de l'espoir, ce dimanche de décembre 1971. Une fenêtre ouverte sur l'aventure, le mouvement et la lumière des gens de peu. À écouter en bout de table les récits de Pierre, à lire et relire les lettres des fusillés de Châteaubriant, il me semblait qu'une lourde porte, comme verrouillée, s'était refermée sur l'insouciance, la légèreté de vivre. Celle que la madone fatiguée du dixième étage m'ouvrait à sa façon. Les jeux qu'elle m'imposait dans notre cave, sans la moindre violence, se poursuivaient sur les hauteurs de Nanterre.

Un soir que je rentrai d'une assez longue promenade du côté des terrains vagues – j'avais laissé Arnaud rejoindre le *vieux Nanterre* –, je la vis sur le trottoir. Trottoir avachi et bosselé, qui longeait un chantier menant aux cités en construction. La fin du printemps. Tard, dans les débris d'immeubles crevés par le temps. Ce passage envoûtant entre chien et loup, où des silhouettes semblent chalouper dans l'ombre, quand il ne s'agit que de morceaux de pierre, façades lézardées. Des cafés d'Arabes où je venais souvent boire le thé à la menthe avec les copains. Les plus âgés pouvaient nous entraîner sans prendre le risque d'être ramassés par les flics. Bistrots déglingués, reliques d'un temps passé où les patrons prenaient le temps de vivre et d'aimer. L'été, quelques tables poussées sur un bout de trottoir. Le couscous du dimanche. Les *rades*. Là encore, une expression qui rappelle des odeurs de mer et de départ. Arrière-salles enfumées, où les ouvriers de chez Simca se retrouvaient à la coule, histoire de souffler un peu.

Ces ouvriers, on peut dire qu'ils en prenaient plein la figure avec les milices patronales qui faisaient des dégâts là-haut. Un jour de grève, un bon copain de mon père avait reçu une balle dans le ventre, histoire de le dissuader de débrayer. Tandis que le gars se vidait de son sang, les milices patronales s'étaient débrouillées pour faire deux fois le tour de Nanterre avant de déposer le pauvre homme à l'hôpital Foch. Le type était mort en arrivant.

Bientôt, cette zone serait remplacée par des cités. Cités des *pâquerettes*. Des *marguerites*. Des *lilas*. À mesure que les noms de fleurs s'accumulaient sur les hauteurs de Nanterre, c'étaient les plus pauvres de ces trente glorieuses qui n'allaient plus tarder à investir les lieux. Parfois, un peintre célèbre venait se glisser dans le folklore des noms. Au début des années soixante-dix, la municipalité communiste inaugura en grande pompe les tours Pablo-Picasso. Le nom de ces immeubles grisâtres, froids et tarabiscotés, avait dû plaire à mes parents, car ils envisagèrent de s'y installer. Avant de renoncer. L'office HLM de Nanterre était verrouillé de l'intérieur par les communistes. On pouvait rester sans craindre d'être délogé. C'était la destruction programmée des derniers jardins ouvriers. Beaucoup plus tard, à l'aube des années 2000, ces jardins reviendraient dans les cartons d'une bourgeoisie gentillette, désireuse de retrouver de *vraies valeurs*…

La madone fatiguée avait traversé d'un seul élan la paroi vermoulue qui enserrait le chantier. Un instant, j'ai bien cru que sa silhouette avait été découpée tout exprès dans les planches qui cernaient cette zone de gravats.

Quelques affiches de l'UDR s'accrochaient encore au bois. Elles vantaient le courage et la tranquillité de Georges Pompidou, élu président de la République quelques mois plus tôt. Les gros sourcils du président étaient comme une marque de fabrique. J'avais peur qu'il me gronde pour mes bêtises. Affiches dévorées par le vent et la pluie. Flottant dans l'air. Campagne électorale qui avait brusquement l'allure d'une fin de repas éparpillée sur la nappe.

Pompidou n'était pas seul sur ces panneaux. Le visage du jeune révolutionnaire Alain Krivine, émacié et volontaire, en appelait au rassemblement des *forces vives de la nation.* Les militants communistes avaient collé un peu partout la bouille rondouillarde, populaire, de la vedette du Parti, Jacques Duclos. Avec ses pantalons soutenus par des bretelles, sa fine moustache, son accent des Hautes-Pyrénées et cette ancienneté qui vous refile une gentillesse trompeuse, Duclos semblait faire partie de ma famille. Duclos, c'était tout de même l'ancien pâtissier qui avait inventé le slogan *bonnet blanc et blanc bonnet*, pour ne pas avoir à choisir entre Pompidou et Poher. Je n'aurais pas été le moins du monde étonné de le voir s'installer dans le canapé bleu marine, un peu rêche, de notre salle à manger. D'autres apparatchiks y avaient élu domicile, alors pourquoi pas lui ?

Un jour, au bout du couloir, c'était Georges Séguy, leader syndical, auquel mon père s'attachait à redonner du tonus entre deux manifestations. Un dimanche soir, c'était le taiseux au sourire discret : Gaston Plissonnier, ministre des Affaires étrangères du parti communiste. Gentil, mais avec une bonne tête de secret d'État. Juliette et son Gaston. Les amis indéfectibles de la famille. Il fallait toujours que je sois couché pour qu'il se mette à parler. Alors cet homme trapu, regard vif derrière ses lunettes cerclées, disait des choses dont le sens m'échappait, tout au fond de mon lit. Il était question de Kremlin, de peuple, de coopération internationale, de conquête spatiale, et d'un parti communiste fort et influent parmi les travailleurs.

Mon sommeil avait la couleur des révolutions à venir. Il y avait ce « programme commun » dont je commençais à entendre parler au cours des repas. Trop jeune pour mesurer la méfiance de s'allier aux socialistes de François Mitterrand. Quelques années encore, et je saisirais mieux toutes ces discussions. Ces réserves. Moi, je me contentais d'aimer la rumeur profonde des meetings politiques. Presque leur musique, quand mes parents m'emmenaient avec eux. Ces slogans que la foule, sympathique à mon égard, clamait en frappant dans les mains. « Union, action, programme commun », ou bien encore « Unité populaire ». J'avais la sensation, en montant sur la pointe des pieds, que moi aussi je faisais partie de ce peuple qui rêvait de changement. Ma mère n'oubliait jamais de me désigner du doigt, au loin à la tribune, la silhouette d'Aragon, son poète préféré. À la mort d'Elsa, quand le poète communiste s'était laissé pousser les cheveux et s'était mis à fréquenter de jeunes garçons, Esther fut un peu perdue.

Dans l'ombre de la colline pierreuse, la madone s'approcha de moi. Elle n'hésita pas cette fois à me prendre par la taille. Une grande sœur retrouve avec surprise son petit frère égaré. Mais c'était autre chose. Sur ces hauteurs de Nanterre, la madone était à son aise. Elle n'était plus la femme de ménage pressée – presque en panique – qui m'attirait dans la cave en rentrant du lycée. Dans ces ruelles défoncées, devant ces maisonnettes dont les grilles rouillées par le temps et l'oubli ne tintaient plus dans l'air, elle avait trouvé son chemin. Ses hautes cuissardes m'impressionnaient. Des cuisses toujours aussi puissantes s'en extirpaient avec souplesse. Des cuisses blanches. Dans la nuit, elle avait l'allure d'un cavalier noir prêt à tous les larcins. Une silhouette à la Zorro, l'un des très rares personnages de la télévision française, avec Thierry la Fronde, dont j'étais autorisé à suivre les aventures, le dimanche soir. Une jupe très courte. Ses cheveux noirs étaient défaits, comme si le vent les avait brusquement ébouriffés. Pour la première fois depuis notre rencontre dans le hall de l'immeuble, elle posa doucement sa tête sur mon épaule. Cette urgence de confier un secret.

Plus de quarante ans nous séparaient. Le visage de la madone fatiguée, au plus près de mon cou d'enfant. Sa respiration et son parfum, juste en dessous de mon oreille. Peut-on savoir comme un parfum va suivre l'itinéraire d'un enfant ? Ce parfum m'accompagne depuis cette nuit de printemps. Un parfum, c'est une voix disparue. La dernière nuit où je vis la madone fatiguée.

Elle voulait me dire quelques mots. Sa voix avait le cristal brouillé de ces femmes, sur les marchés, dans les bars, qui crient beaucoup afin de se faire respecter. Une voix, comme toutes les sonorités particulières, qui traverse le temps et vient nous cueillir bien des années plus tard. Sur le moment, j'étais loin de ces réflexions d'adulte. Je me contentais de vivre cela, comme un film interdit aux moins de treize ans découvert en cachette. L'enfance, ce temps délicieux du secret. Ces moments que les adultes proscrivent, quand eux-mêmes sont capables des pires licences. Elle releva son visage, posa ses deux mains sur mes épaules. Je poussai sur les pointes pour tenter d'apercevoir un visage, des traits, que je connaissais si peu. Une nuit douce de printemps. Deux ombres dans un paysage qui me rappelait l'horizon lunaire retransmis un an plus tôt à la télévision. Mais ce visage se dérobait. Des mèches de cheveux partaient du front et faisaient comme des rayures au-dessus de la bouche. Sa voix seule a résisté à toutes ces années. Je pense bien souvent qu'elle a disparu comme s'éloigne une femme invisible et secrète.

Était-ce bien cette même personne que j'apercevrais, filant dans le vide du ciel de Nanterre, le corps retourné vers les nuages ?

« Suis-moi, chéri », me souffla-t-elle.

Une voix fêlée, tout au fond de mon oreille. Cette fraîcheur nouvelle et surprenante ne manqua pas de me rassurer. Puis, marchant vers ce chantier plein de ronces et de gravats :

« Je t'invite dans ma petite cabane à lapins. »

Quelques années plus tard, durant cette courte période où je fréquentais les prostituées de Pigalle, je recevais toujours, bouleversé, cette injonction venue d'un pas de porte : « Tu viens, chéri ? » Quelque chose comme une grâce pouvait tomber, littéralement, sur mes épaules de jeune homme. Ce hasard des rues, et brusquement ce visage d'une beauté affolante, capable de me poignarder de désir. Sans doute la madone fatiguée de Nanterre avait-elle marqué au fer rouge mes premières impressions sexuelles. Le sentiment, très tôt, que l'amour serait inséparable d'une forme de clandestinité. Un *passage secret.* Plus tard encore, je retrouvais ces impressions en multipliant les rencontres avec des étrangères. Ignorer la langue, les coutumes, l'histoire qui s'offraient dans un train, un camping, qu'importe, puisque c'était la promesse de partir *ailleurs.*

Chéri… Ce mot, au fil du temps, dont je ferais l'injonction suprême de l'amour, je l'entendis de la bouche même de la madone fatiguée de Nanterre. Ambiguïté d'un mot, que les années ne parviendront jamais à effacer totalement de ma façon d'aimer. Tout, ou rien. Ce besoin de l'entendre résonner à mes propres oreilles. J'entends encore ma mère le prononcer à l'intention de mon père : « Mon chéri. »

D'un seul coup, par le hasard de cette rencontre dans un hall d'immeuble, une femme qui avait l'âge de ma propre mère me faisait basculer dans le monde secret des adultes. Ce que je pouvais commencer à deviner dans le repli de mes draps, le soir, s'offrait dans la réalité des jours. Qu'une femme de cet âge déjà avancé – plus de cinquante ans –, et qui m'était totalement inconnue, en joue à ce point avec l'enfant que j'étais ne fut pas sans conséquence. Dans ma vie d'adulte, il suffirait qu'une amante le prononce avec douceur pour que me revienne un sentiment délicieux d'interdit et d'alcôve.

Le ciel de Nanterre, cette nuit de printemps. Toutes ces étoiles qui ne tarderaient plus à disparaître derrière les hautes tours de la Défense. Sa main dans la mienne, une fois franchie la palissade de bois vermoulue.

Nos rencontres si brèves dans l'obscurité de la cave m'avaient rassuré. Je n'avais rien à craindre d'une personne qui me caressait avec tendresse. Une échappée belle, mystérieuse, dans une enfance qui tardait à trouver sa place.

Nous avancions à pas lents, dans ce terrain vague, au pied des premiers étages de ces immeubles destinés à remplacer les bidonvilles de Nanterre. Elle dit tout bas, comme un secret bien gardé : *ma cabane à lapins...* Des lapins, j'en avais vu des clapiers entiers dans la campagne nantaise. Et même dans les environs, on en croisait parfois, avec Arnaud. Ils filaient vite. Retrouvaient ces terriers qui résistaient aux grosses pelleteuses, des machines qui s'en donnaient à cœur joie pour soulever et retourner la terre des dernières prairies du coin.

Beaucoup plus tard, je fus ému de lire dans *Splendeurs et misères des courtisanes*, de Balzac, certaines descriptions affolantes de la zone, qui me reviennent maintenant. Balzac, auteur du XIXe, décrit la campagne de Nanterre juste avant les premières grandes trouées industrielles. Cette campagne qui semblait encore faire de l'œil à la ville, sur ces hauteurs.

Mais c'était juste avant de disparaître pour toujours. Viendrait le RER, *Nanterre Université*, la piscine olympique où j'allais encourager les nageurs est-allemands invités à s'y produire par la municipalité.

Sa main fraîche et ronde dans ma main d'enfant. J'aperçus de l'autre côté du terrain quelques cahutes à l'abandon, sans lumière. Une seule donnait l'impression lointaine d'être habitée et entretenue. Ces cahutes brinquebalantes avaient accueilli pendant de nombreuses années des familles d'ouvriers, le dimanche ; ils *cassaient la croûte*, prenaient le frais après l'usine. Regardaient d'un œil distrait leur jardin potager. Ces cahutes de bois n'étaient plus rien. Nous nous sommes approchés de la baraque dont l'allure me semblait plus soignée. Rassurante.

La dame a ouvert la porte grâce à une clef minuscule qu'elle a remise dans le sac qu'elle portait en bandoulière. L'obscurité toujours, presque la nuit, nous cachait de l'extérieur. Pas d'éclairage au plafonnier. Mais, dans cette fin de printemps, une faible lumière tombait du ciel. Elle découpait des gestes qui s'inscrivaient en moi avec l'étonnement, presque la violence de toute jeunesse.

Cette nuit si claire fut la dernière fois que je vis la madone avant *Les Roulottes*. Mais, dans mon souvenir, le paysage, la cabane où je vais m'assoupir, ce doux mélange de frayeur et d'excitation sont indissociables de la peinture. Ce *carré de lumière* qui va me relancer dans la vie de tous les jours. Pour un enfant de mon âge – treize ans à l'époque –, le terrain vague, le goût du sexe interdit, le silence et l'obscurité réunissaient tous les charmes d'une fugue improvisée.

Ces éléments, il se trouve qu'une autre main, celle de Jeanne, me permit de les découvrir dans le tableau de Van Gogh. Figure inversée, puisque la toile du peintre est pleine de chaleur. De lumière. « Chant d'orgue et feux d'artifice », notait Artaud.

Mais il y a cette atmosphère de *rupture* avec le réel. Cette licence, que je retrouve aujourd'hui encore dans les pas du beau gitan de Bernay. Avec l'hiver, il a laissé pousser ses cheveux noirs, toujours plus gominés, rabattus en arrière. Et sa veste est si lourde, ample, tissu épais, qu'elle lui fait comme un manteau. J'aurais pu le croiser, sur les hauteurs de Nanterre, dans ces soirées douces de 1970. Lui aussi aurait franchi comme un somnambule la palissade du chantier. Il serait sorti de l'un de ces baraquements en dur où logeaient des dizaines d'ouvriers algériens que l'on était allé chercher en camion à la frontière espagnole. Ces ouvriers que je voyais passer depuis mon balcon, tôt le matin. Tard le soir. Ils passaient sur leurs mobylettes. Des *bleues*. Parfois, l'un d'entre eux me saluait d'un geste de la main. Tout en bas, sur le grand boulevard qui faisait face à notre immeuble. Le gitan d'aujourd'hui, cette étrange liberté de mouvement, faisait dans mon esprit comme un lien naturel avec le campement des bohémiens.

Elle m'a dit de m'allonger sur le lit. Un lit pour une personne, plaqué contre l'une des parois en bois. Sa voix était plus ferme. Moins douce que sur le trottoir où je l'avais croisée. Presque en colère. Les années transforment nos gestes. Les visages. Ils deviennent flous dans notre mémoire. Cinquante ans. Dans mon souvenir, c'est la musique, avec des odeurs de viande grillée, qui accompagne ce moment étrange et doux. « Allonge-toi. » « Retire ton bermuda. » En fait, il s'agissait de l'un de ces pantalons courts, en tweed, très élégant, de couleur gris clair, que ma mère avait plaisir à me voir porter dès les premiers beaux jours. Je n'en tirais aucune fierté car, bien souvent, des camarades de classe me lançaient dans la cour de récréation : « T'es snob ou anglais ? »

Une musique orientale s'échappait des baraquements. La même que j'écoutais dans l'arrière-salle du café où nous allions boire le thé à la menthe avec les copains. Une musique qui donnait envie de danser. De bouger. Une musique de voyage. Comme celle que j'entendais dans la chambre de mes grandes sœurs, là-haut, au-dessus du boulevard. La musique lancinante, et belle, de Ravi Shankar, ce musicien et réalisateur indien. Ravi Shankar. Cette musique était devenue entêtante. Elle revenait si souvent que mes parents avaient fini par s'en fatiguer. Plus tard, d'autres musiques sortiraient de la chambre de mes grandes sœurs. Je pense aux chants qui illuminent le film d'Aleksandar Petrović, *J'ai même rencontré des tziganes heureux*.

Chants gitans et de Bohême. Musique d'Europe centrale, dont la beauté mélancolique et sauvage ne tarderait plus à emporter les miens. Musique d'Afrique du Nord. Tous ces chants qui résonnaient des bidonvilles alentour. Ou dans ces Algeco montés à la hâte, et dans lesquels s'entassaient les travailleurs immigrés.

J'ai perdu tous mes souvenirs de couleurs. Il me semble que je raconte une banlieue en noir et blanc.

« Allonge-toi. Laisse-moi faire, mon chéri. »

Ce qu'elle fit a résisté au gouffre du temps. Ce moment où elle a délicatement sorti mon sexe du slip pour le placer dans sa bouche peinte, grande ouverte. Jusqu'à cet instant dans la *cabane à lapins,* seule une infirmière de l'école primaire avait eu l'autorisation de regarder mon sexe, afin de savoir si *tout allait bien*. S'il n'était ni trop petit ni trop gros. Cette longue file d'élèves du primaire, attendant leur tour, ce jour étrange du contrôle médical.

J'avais traîné plus que de coutume. Là-haut, au neuvième étage, ils allaient commencer à s'inquiéter. Je ne jouais plus aux osselets près de l'entrée de l'immeuble. Ce soir, je reviendrais avec le sentiment d'avoir fait une chose interdite et enivrante. Il faudrait que je me cache d'une blessure intime.

Avec le frottement inédit pour moi, le minuscule et fragile cordon du prépuce s'était décroché. Sur le coup, j'avais saigné.

Mais c'était autre chose qui s'installait pour longtemps dans mon esprit d'enfant : comme une danse au-dessus de ma personne. Une danse, un va-et-vient qui semblait épouser les rythmes provenant de l'extérieur de la cabane à lapins. Juste au-dessus de ma personne, la madone me tenait un discours auquel je n'étais pas encore habitué.

« Oui… Plus fort… Vas-y, mon petit chéri… Plus fort encore… C'est bien… Ça va venir… »

J'étais si surpris que j'ai bien failli me lever pour aller ouvrir et leur demander de monter le son de cette musique qui nous accompagnait. Je n'ai pas bougé. Je l'ai laissée faire. Elle dansait de plus belle. Et là, pour la première fois, j'ai vu son visage. C'était un visage qui semblait fatigué. Comme creusé, avec des cernes qui ressemblaient à deux courtes tranchées placées sur le haut des pommettes. Deux taches noires sous les yeux. La première fois que j'ai vu comme elle était vieille. Différente. Et puis elle a poussé un petit cri. Ce cri, je le convoque, et il me met de bonne humeur. Un cri, presque une plainte, un appel au secours, et c'est le seul moment dans cette nuit de printemps où j'ai ressenti de l'appréhension. Puis il me semble que la madone est retombée, juste à côté de moi. Je lui ai dit que c'était la première fois que je le faisais. Alors elle s'est retournée, sa voix avait retrouvé calme et douceur.

« Il faut le faire souvent, vois-tu, pour être heureux. Le plus souvent possible. »

La descente vers le vieux Nanterre prit des allures de cavalcade. J'ai couru jusqu'au boulevard en contrebas. J'avais l'habitude de ces courses folles sur les chemins encore herbeux. Souvent, mon père organisait des footings sur les pentes des bois de Saint-Cucufa, au-dessus de Rueil-Malmaison. Cette fois, je devais simplement rejoindre l'avenue Joliot-Curie, laquelle menait d'un côté vers le vieux Nanterre, de l'autre vers Paris et la future Défense.

C'est dans le ciel de Nanterre que je vis pour la dernière fois cette femme invisible et secrète. Un mari inspecteur de police, qui sortait souvent en trombe de l'immeuble, et qui me faisait peur. Mon secret fut comme un jeu, au fil du temps. Je me suis contenté d'entendre ce que nous racontaient les voisins à propos de celle que j'appelle la madone de l'avenue Joliot-Curie. Que cette femme s'ennuyait beaucoup. Qu'elle était arrivée en France, venant d'Italie, au début des années soixante. Qu'elle faisait des ménages un peu partout dans le quartier. Qu'ils n'avaient pas d'enfant. Et puis aussi qu'elle s'était aménagé une petite cabane, là-haut, dans ces quartiers rénovés. Une cabane où les ouvriers, algériens pour la plupart, venaient prendre du *bon temps*.

C'était notre plus proche voisine de palier, une femme robuste et un peu criarde, qui l'avait soufflé à ma mère, entre deux portes. Du *bon temps*… « Une putain », disait la voisine en colère. Elle avait « le feu au cul ». Personne à la maison n'a été capable de me dire précisément ce que signifiaient ces formules. Je me suis juste dit que, moi aussi, j'avais pris du *bon temps*. Longtemps, je fus même étonné d'avoir connu cette personne qui avait *le feu au cul*. Je me suis demandé pendant quelques mois si tout cela n'était pas à l'origine de sa trajectoire dans le ciel de Nanterre. *Feu au cul*…

À mesure que je m'approche des *Roulottes*, de cette promenade de décembre, je retrouve, comme plantés à jamais dans ma mémoire, des lieux, des moments qui éclairaient le quotidien de ma banlieue. Ces moments sont comme l'antichambre de tout ce qui pourra se construire par la suite. Un enfant perdu va trouver le chemin. Qu'est-ce qui se dessine, jour après jour, dans une famille de cinq personnes, nichée tout en haut d'une HLM de Nanterre, à la fin des années soixante ?

Soixante-cinq mètres carrés de cohabitation, d'amour, de douceur et d'amertume mêlés. Quelque chose résiste et m'obsède, dans la répartition des rôles. Cet amour que des parents, en vain, s'efforcent de distribuer à parts égales.

C'est dans le fracas d'un départ lointain que l'unité de cette famille va voler en éclats. La grande sœur qui étouffe à vingt ans. Alors elle rompt avec les siens. Farfadet incontrôlable. Beauté du diable que seuls l'amour et les voyages parviendront à distraire de l'emprise de mes parents. Pouvait-il en être autrement pour la jeune fille dont la poussette avait frôlé la catastrophe ? La mort de Jean-Jacques n'en finirait jamais de poser sur l'aînée tout à la fois l'envie folle de posséder et celle de conduire une vie tant désirée. Un vertige : je n'ai de souvenirs de cette grande sœur que tendus à l'extrême avec ma mère. Puis le chagrin du père lorsqu'elle s'en ira sans le moindre adieu.

En bout de course d'un délitement qui ne disait pas son nom, j'assistais, triste et étonné, à la déception du monde des adultes.

Un soir que je revenais du lycée de Montgeron – je devais avoir seize ans à peine –, je vis pour la première fois le visage de mon père défiguré par les larmes. C'était une soirée de début d'été – nous étions en 1976, et la canicule s'annonçait –, nous marchions côte à côte sous la frondaison de ces peupliers anciens qui faisaient le charme et la réputation d'un lycée que j'avais rejoint deux ans auparavant. Nous marchions lentement. Un peu plus loin se découpait la grande ombre du terrain de football, juste au pied d'une maison de maître abritant l'ensemble de l'administration. C'est alors que j'aperçus le beau visage brun de mon père, si calme d'ordinaire, comme secoué par des tics silencieux.

Le regard que pose la jeunesse sur ceux et celles que nous chérissons est implacable. C'est un regard qui semble scanner pour toute une vie à venir ces choses que nous ne pouvions encore imaginer. Le chagrin de ceux qui nous sont proches.

Je ne sais plus si la découverte d'un tel effondrement – ma sœur n'ayant plus donné la moindre nouvelle depuis plus d'un an – me fit admirer mon père davantage encore, ou le rabaisser dans l'instant. Il s'agit d'autre chose. Ces spasmes discrets, réguliers, dans la grande allée du lycée, résonnent en moi comme des cloches inoubliables. J'étais le dernier de la famille, mobilisé sur le pont du temps qui passe. Ce sont de tels moments qui se fixent et peuvent créer durablement une forme de mélancolie dans la vie de tous les jours.

Par la suite, plus jamais mon père ne m'offrira un tel visage. Mieux : au moment de nous quitter, il n'hésitera pas, avec le sourire, à ficher dehors quelques bonnes sœurs en mal de confession.

Les spasmes de la grande allée rejoignent ces quelques événements qui ne cesseront plus de nous accompagner. Des fondations dont le plancher est fait de joies profondes et aussi de chagrins inconsolables. Nous avançons, à l'aveugle, avec la certitude que, un jour ou l'autre, leur parfum viendra nous retrouver.

J'avais douze ans en 1971, quand ma grande sœur en avait un peu plus de vingt. Le grand départ vers les Balkans ne tarderait plus. Un simple regard, flânant sur les Champs-Élysées, en direction d'un immense et magnifique Yougoslave. Ils se retournent. C'était fini. Le grand départ. La fuite. S'échapper de trop d'amour à domicile. De ces projets que font les parents pour l'aînée. De cette peur vissée au cœur de celle qui avait tout perdu un jour de novembre 1948. Partir. Ou s'inventer le plus tôt possible des voyages, à force d'amants. Retrouver enfin tout ce qui lui correspondait au plus profond d'elle-même. Tout, sauf les études et une vie bien rangée, comme le bonheur ordinaire dont elle ne voudrait jamais.

Elle avait un visage auquel des cheveux coupés court offraient une liberté totale. Un visage d'une beauté effarante. Léché par le regard des hommes. Désirée dès l'âge de quinze ans. La peau mate, héritée du père. Le regard noir aussi, comme sur le qui-vive. Mais ce serait sa façon de faire sauter le verrou familial. Faire le mur et fuir. Échapper à l'impossible répétition des jours.

Les petits photomatons pris dans l'empressement d'un départ révèlent, bien des années plus tard, ces rêves qui n'ont pas encore abouti. J'ai conservé dans mes portefeuilles successifs ces photos en noir et blanc. C'est un instantané dans la vie de cette grande sœur qui s'apprête à tailler la route pour ne plus jamais revenir. On dirait une reproduction des portraits de Modigliani. Ces visages féminins qui semblent toujours légèrement assoupis. Résignés. Ignorants de leur beauté. Elle aimait tant le peintre italien qu'elle avait fini par lui ressembler. Peindre. Dessiner. C'était cela, n'est-ce pas, qu'elle voulait faire de sa jeune vie, et que les parents lui refuseraient toujours.

Toutes ces années, il m'est souvent arrivé de placer cette minuscule photo sur mon bureau. Éclat de la jeunesse. Lèvres à peine ourlées. Rouges. Et ces grands yeux noirs dont la surface avait l'étrange habitude de briller. Une source vive. Mais qui donne au regard inquiétude et mélancolie. Il me prit un jour de retourner la photo. Je lus, de son écriture ample et assurée, ceci, adressé à mon père : « Ta fille qui t'aime, et est fière de l'être. » 1973. Cette photo légendée, et dont les bords dentelés ont craqué avec le temps, n'a jamais cessé de m'interroger : quel est cet amour qui se traduit dans les faits par un grand silence ?

Ce bel autoportrait aussi, qu'elle conservait dans le fond d'un placard. Une simple toile tendue et privée de cadre. Le seul objet dont elle ne voudra jamais se séparer.

Maintenant que la pièce a été jouée, je m'approche au plus près d'un personnage dont la seule ambition était de faire un dernier cadeau au petit frère qu'elle abandonnait.

L'abandon.

C'était bien le thème central capable de fonder toute une vie. L'abandon. La fuite. L'errance. Et cette phrase qu'il faut se préparer à entendre dès lors que nous entrons dans le monde si cruel des adultes : « Tu sais, j'ai rencontré quelqu'un. »

Les maisons, les appartements sont vides.

Ils sont tous partis depuis longtemps.

Seules quelques feuilles volantes me sont offertes, comme derniers témoins d'une histoire familiale. 1971. Un autre temps. Les choses banales qui disparaissent dans des cimetières inventés par les hommes.

La R16 grise de mon père, qui précéda le modèle à injection. Il avait tenu à nous la montrer au balcon, une fois garée sur la grande avenue. Avec son salaire de professeur de gymnastique et celui de ma mère, secrétaire, pas question de s'offrir la DS 21 ; celle qui semblait avoir placé mon oncle – son plus jeune frère – sur coussin d'air lorsqu'il mettait en route le moteur, juste devant nous. La cérémonie de la DS faisait partie intégrante du week-end que nous passions chez mes cousins, en Normandie, du côté de Lillebonne.

Et la gare d'Yvetot. Le brouillard souvent présent dans cette vallée. Des noms de villages que je retrouverais plus tard, en lisant les livres d'Annie Ernaux. Mon bonheur du samedi, car il voulait dire que nous partions vers la campagne. D'autres horizons.

Ma tristesse du dimanche, lorsque nous devions prendre la route du retour. Maison dite *moderne*, taillée comme une belle usine, et dont la hauteur ne manquait jamais de m'impressionner. Certes, il arrive que le regard des enfants amplifie les choses – dimensions, beauté –, et que cela se grave dans la mémoire. Tout de même. Les chambres de mes cousins, si vastes. Chacun sa chambre. Ils étaient trois également. Une cheminée en pierre, dans la grande salle de séjour, ajoutait douceur et tranquillité. Et puis cette odeur de campagne brûlée, l'hiver, tout cet espace, avec la DS 21 qui patientait en bas de l'allée, cela faisait comme une jolie carte postale de la réussite sociale. Avant la R16, nous avions épuisé la 4L. Il me faudrait quitter à regret cette vallée profonde, ce silence, puis retrouver les hauteurs de l'HLM, ma chambre qui surplombait le cimetière de Nanterre.

Avec sa moustache et ses grands silences, mon oncle prolongeait le visage de mon père tout en le rajeunissant de plusieurs années. Ma mère n'oubliait jamais de me rappeler qu'il avait fait la guerre d'Algérie. Plusieurs années. Et qu'il parlait peu depuis son retour.

Claude, c'était celui que sa réussite financière plaçait naturellement dans le camp des suspects. Mais c'était une douce suspicion. Rien de méchant. Noter simplement dans les conversations que mon oncle avait une *grosse situation*. Dans ma mémoire d'enfant, Claude était l'un des patrons de Pechiney. Une *grosse situation*. L'idée, tenace chez ma mère, qu'une réussite sociale passait par une forme de stabilité, de présence visible aux côtés des puissants. Étrange comme tant de générosité pouvait être battue en brèche avec ses propres enfants.

Le déchirement fut immense avec Jeanne, qui m'emmena à l'Orangerie. Elle ne voulait rien entendre d'un parcours classique destiné à s'achever devant des élèves, une fois passé tous les diplômes les plus prestigieux. Elle prit donc très tôt des trains et des avions, afin de mettre à distance ce terrible conformisme communiste. Souvent, elle brouillait les pistes, faisant croire à mes parents qu'elle était à Belgrade lorsque, en définitive, elle vivait un grand amour dans des chambres d'hôtel du quartier Latin.

Comment expliquer que toutes ces lettres, preuves écrites de lointains déchirements, de fuites, d'accusations, se nichent aujourd'hui entre mes mains ? Pourquoi moi, soixante ans après les faits ? Comme s'il n'y avait pas assez de ma mémoire, cette obsession à regarder en arrière. Comme s'il me fallait toujours – y compris pour une œuvre d'art – convoquer l'histoire. Comme s'il était concevable de s'approcher au plus près d'êtres et d'événements qui se sont éloignés depuis tant d'années.

Au moment où je plonge dans cette fameuse année 1971 – la neige, le ski à Nanterre, Van Gogh et cette rédaction la veille de Noël –, je retrouve la lettre qui dit tout. La lettre du fracas. Je suppose que les photographes les plus patients tombent encore sur un genre de tirage qui les emporte. Mais la chambre noire, la lenteur des tirages argentiques ont laissé place à l'immédiateté du numérique. Plus de surprise possible. Documents et lettres, pièces à conviction, cartes postales d'un temps où les familles s'écrivaient régulièrement. Elles vont à contre-courant de l'effacement de l'histoire. Elles scellent des preuves d'amour, des erreurs ; un chaos qui menace l'ordre rêvé. Elles révèlent, bien des années après la disparition des générations qui nous précèdent, ces secrets qu'il fallait ignorer. Que restera-t-il de ces traces, une fois les stylos disparus ?

C'est moins une question de mémoire – SMS, ordinateurs, téléphones mobiles ont les moyens de stocker toutes sortes d'informations – que de présence charnelle des êtres que nous avons aimés et dont le risque de disparaître dans le gouffre du temps est réel.

Ce qui me bouleverse : cette lettre, datée du 7 décembre 1979, ma grande sœur la débute avec ces mots : « Chers tous… » Comme s'il était urgent, huit ans après avoir tout quitté, de s'adresser à l'ensemble de la famille. Pas uniquement aux parents. Pas seulement au frère et à la sœur. Non.

Cher tous… Lettre d'amour et de colère. Lettre qui dit enfin, et sans possibilité de la contredire, comme toutes les peurs, les désirs de contrôler, sont voués à l'échec, lorsqu'un être ne transige pas avec la liberté pour vivre. Un passage suffit à résumer ce qu'elle avait voulu offrir à son frère, juste avant de larguer les amarres. Il justifie les silences, les départs lointains, les amants, les ruptures, et la solitude au bout des voyages. 1971. Elle a vingt ans.

> « Vous avez remué ciel et terre pour me trouver et avoir de mes nouvelles. Vous, mes parents qui m'aimez vraiment, je le sais.
>
> Seulement, vous m'aimiez d'une manière tellement oppressante que vous ne vous en rendez même pas compte vous-mêmes. Vous n'avez encore pas compris que j'ai besoin d'être libre et indépendante et vous continuez à vouloir me protéger comme si j'avais encore quatre ou cinq ans. À la maison j'ai toujours souffert. Sans rien dire, c'est là mon très grand tort, car cela s'accumule et j'éclate cinq ans ou dix ans plus tard. De cet excès de protection que je ressentais comme

un poids, comme une autorité. Je me sentais liée, je ne pouvais prendre aucune responsabilité. »

Dix ans après son départ lointain, ma grande sœur se décidait à sortir de son silence. Toute l'histoire d'une famille née dans le malheur, la crainte et l'engagement explosait dans des mots choisis. Comme nous étions loin d'un futur tendre, entrevu dans les lettres de jeunesse de ma mère, au sortir de la guerre. Voilà qu'une jeune fille dévoilait pour la première fois ce qu'elle avait repoussé au cours de son adolescence. Plus loin encore :

« Vous avez eu tort de reporter sans arrêt votre angoisse sur moi, mais j'ai eu tort aussi sans doute de ne pas montrer mes exigences dès l'adolescence.

En même temps, je vous aimais beaucoup, je n'osais rien dire. »

Ce moment où la lettre devient un livre. Si le livre demeure le lieu d'une histoire avec toutes ses ramifications. Une grande pièce où se percutent le réel et l'imaginaire. Les lettres de plus en plus rares. Celle-ci écrite sur du papier *par avion* que j'ai retrouvée dans les dossiers parfaitement classés de mon père. L'écriture est belle, sauvage comme la fuite. Longtemps, j'ai imité cette écriture. Je ne m'en suis jamais réellement éloigné. Écriture de combat, qui évite les rondeurs. Les mots semblent éventrés, comme ouverts à tous les vents. L'expression est intacte. Papier ultrafin, qui rappelle le papier bible sur lequel il est si confortable de lire de gros ouvrages. Papier si léger qu'il évoque immédiatement les longs-courriers, la mer peut-être, ces villes des bords de l'Adriatique où il fera bon découvrir les venelles et ses passantes.

« Je ne choisissais pas ma vie, et vous vouliez faire de moi une personne qui ne me ressemblait pas. »

C'est une lettre d'amour. Le constat d'échec est déchirant. Nous venions de la guerre, la Résistance, ses récits inquiétants, un enfant trop tôt disparu. Et cette volonté d'imposer ce que nous jugeons le meilleur à ceux qui nous entourent. Chacun devait se débrouiller avec son paquet pour tailler la route.

Avant de fuir et de s'inventer sa propre vie, cette grande sœur qui avait conscience de nous laisser sur le carreau m'offrait un dernier cadeau. Ce carré de lumière dans un hiver difficile.

Quelques jours avant sa mort, mon père me demandait avec nonchalance – sourire au bord des lèvres – d'ouvrir une lourde boîte en fer remplie de photographies et de lettres. Je l'avais accompagné une dernière fois sur ce bout de plage de l'Atlantique où il aimait se retrouver avec les élèves du club. Dernier été face à la mer. Il n'exigea rien de ce fils qu'il avait attendu impatiemment, après Jean-Jacques. Il me demanda simplement de conserver ces quelques traces écrites, capables de dire à tous ceux qui viendraient comme nous étions parvenus, *malgré tout*, à nous aimer et vivre ensemble.

Écrivant ce livre, je n'ai cessé d'ouvrir la boîte en fer, qui débordait d'un courrier, passeur fidèle d'une fin de siècle engloutie. Depuis, année après année, nous avions renoncé à envoyer des cartes postales. Nos photos disparaissaient au rythme de nos humeurs.

Au fil des mois, la boîte en fer a pris l'allure de ces livres d'enfant, dont chaque page se voit lever un personnage coloré, une maison, un train, comme si la vie tout entière pouvait tenir entre ces quelques pages.

Dès l'âge de sept ans, Jeanne, malicieuse et sage, donnait quelques signes de départ. Bien des années après ce mignon forfait, la famille en tremblait encore : l'acteur fétiche des communistes français, Gérard Philipe, dont toute mon enfance aura été bercée par l'interprétation du *Petit Prince* et de *Pierre et le loup*, était de passage à Nanterre. Un événement considérable, et qu'une famille de communistes se devait d'honorer. Dans son grand pardessus d'hiver – le sourire d'un jeune page –, Gérard Philipe était venu soutenir le Mouvement de la paix. Un mouvement très populaire à la toute fin des années cinquante et dont les principaux objectifs étaient de manifester contre l'implantation de fusées Pershing en Europe de l'Ouest, symbole d'une guerre froide qui n'en finissait plus. Les communistes, dont le cœur battait la chamade à Moscou, surveillaient ce mouvement d'un œil bienveillant. Gérard Philipe faisait, par sa présence, un magnifique *compagnon de route*. Une salle des fêtes pleine à craquer. Un millier de personnes tapait des pieds et des mains pour être sur la photo dédicacée par le prince du théâtre de Jean Vilar. Soudain, panique à bord. Ma grande sœur avait filé. Impossible de la retrouver. En larmes, ma mère reconnaît alors la voix de son héros, amplifiée par le haut parleur de la scène :

« Mais à qui appartient donc cette jolie petite fille ? » disait la voix du *Cid*…

Ma mère se précipita tout au bord de la scène sur laquelle un fauteuil avait été installé. Heureuse et fière de sa fugue d'entre les jupes maternelles, la petite posait sur les genoux de Gérard Philipe, tout sourire. Une fugue de rien du tout. Une fugue improvisée. Quelques dizaines de mètres à peine. Pourtant, la petite fille avait mobilisé suffisamment de force, d'inconscience et d'amour pour venir seule braver la solitude et rejoindre celui dont les cils battaient peut-être à ses tempes d'enfant. L'histoire fit longtemps le tour de la famille. Longtemps. Et, quand il fut question de sauver quelques photos, celle-ci, prise à Nanterre sur les genoux de Gérard Philipe, ne pouvait échapper à la fugueuse.

Tout à la fin de la lettre, on aurait dit qu'elle résumait la peinture d'un voyage, des départs, une précarité voulue. Tout ce que j'allais découvrir au musée de l'Orangerie…

> « J'accumulais peu à peu un désir de liberté, de fuite ; ne pouvant vous imposer ma véritable personnalité, je ne voyais de solution que dans la fuite. »

À mesure que les lettres et documents de mon enfance reviennent dans la course du temps, on dirait que des échos, en cascade, nous ramènent presque naturellement au tableau de Vincent. Non pas qu'il me prendrait la folie de comparer des parcours ; mais simplement de noter, fasciné, comme la réalité de mon enfance se devait peut-être de filer tout droit vers la découverte de cette œuvre. Et pas une autre.

Toujours ces observations de ma mère, qui allaient cesser définitivement cinq ans plus tard.

Au début de la rentrée scolaire 1971, c'est le même refrain, à la fois tendre et inquiétant pour son jeune fils : « Toujours aussi violent et inquiet à l'école. Premier trimestre moyen. Enfant très anxieux et rêveur. »

Puis, comme un miracle qui semble s'inscrire discrètement dans la colonne réservée aux *examens périodiques* – avec en bas de page la note suivante : « Signaler notamment l'âge de la puberté et les incidents qui ont pu accompagner l'établissement de celle-ci » –, une courte phrase qui change une vie :

« Bon deuxième trimestre. Très bons résultats. Pierre prend de l'assurance. »

Le vent mauvais a tourné. Pour la première fois, le petit garçon reçoit des félicitations. « Très bons résultats. » C'est une chose fascinante que de passer d'un seul coup de l'ombre à cette petite lumière qui se met à scintiller dans la classe. Mais pourquoi un tel changement ? Pourquoi le professeur s'est-il mis à lire et relire les passages d'une rédaction qu'il avait demandée quelques jours avant les vacances de Noël ? « Racontez-nous une histoire, un événement que vous avez vécu. »

Ce M. Camzat usera d'une coquetterie d'enseignant qui connaît bien les cœurs d'enfants : ce plaisir qu'il avait à décliner tout d'abord les noms de tous ceux dont les notes étaient les plus faibles. Les élèves qui n'ont pas d'avenir, un peu bravaches, se replient dans leur colère et leur amertume, tout au fond de la classe. Les autres se retournent et contemplent déjà le parcours effectué. Plus tard, ils seront du bon côté du manche et se rappelleront avec bonheur ces instants de remise des copies. Il y eut une grande interrogation collective lorsque mon nom fut le dernier à être prononcé. Quelques rires de dépit partirent des premiers rangs. Un monde était-il en train de changer ?

J'observe, à la date du *très bon deuxième trimestre*, que ma mère a raccourci mon prénom. *Pierre…* Elle n'avait pourtant jamais cessé de m'appeler son Pierrot, ou Pierre-Louis, dans les moments plus tendus.

Mais *Pierre…*

Comme si la réussite de son fils se devait de coïncider avec une plus grande distance. Comme si je n'allais plus tarder, hélas, à m'éloigner, dès lors que l'école n'en finirait plus de me combler.

Le vendredi qui précéda Noël, il neigea abondamment sur Nanterre. Sur la région parisienne. Une neige lourde, exquise à manier quand le ski est devenu une raison de vivre. Dans le Jura, les températures allaient descendre jusqu'à moins trente-cinq degrés. Nous étions sur le point de rejoindre cette région. Mon père organisait deux fois par an des groupes de ski, lesquels demeurent, dans mes souvenirs, comme ce qui devait m'arriver de plus beau dans ma jeune existence. J'ai raconté dans *Comme un garçon* ces veilles de voyages d'hiver, synonymes d'un jardin mental jamais retrouvé.

Chaque départ vers la montagne augurait d'une nuit sans sommeil. Je guettais, fiévreux, ce moment où mon père et ma mère, immergés dans les derniers préparatifs, se chamaillaient comme deux adolescents qui s'aiment trop pour se quereller durablement. Il était si tard qu'ils ne pouvaient soupçonner mon état de veille. À la différence de mes deux sœurs, je mettais dans ce voyage tout ce qu'il pouvait me rester de calme, de joie intense à laisser pendant deux semaines cette triste banlieue. Je quittais mes appréhensions, aux abords de la classe. Mes peurs d'échouer. De décevoir. J'abandonnais au loin la voix cassante de Mme Tanguy, avec ses foulards, son gros chignon brun qui me faisait peur, ses grandes jambes qui semblaient foncer sur moi pour me disputer : « Votre fils, madame, ne fera jamais rien de bon. » Je déposais sur une table de nuit imaginaire mes angoisses et cette violence qui n'allaient pas en diminuant du côté des terrains vagues. Je me fichais pas mal de la madone aux yeux fatigués. Au fond, je donnais à ce départ vers les hauts sapins très verts du Jura, les champs de neige à perte de vue, le froid vif qui dépayse et fait apprécier plus que tout un thé chaud, tout ce que la banlieue me retirait. L'été, la mer et les plages de l'Atlantique. Mais l'hiver, cette sensation, sur les skis et dans le froid, de vivre une nouvelle vie.

À la date du 30 décembre 1971, ma mère note dans le carnet : « Merveilleuses vacances à Vallorbe. PL skie de mieux en mieux. Échoue de très peu au chamois. »

Le temps de la jeunesse est celui où naît le souvenir.

Des événements s'accrochent, comme le lierre sur la pierre ; s'ils sont heureux, il nous sera difficile d'y renoncer. Alors, les nuits de départ, je veillais. J'avais franchi en rêve éveillé le couloir étroit, sombre, de notre appartement. La cuisine minuscule, que mon père avait recouverte de lambris. Un placard joliment aménagé jouxtait ma chambre. Toutes sortes de chaussures pour les sports d'hiver y étaient rangées. Les retrouver, c'était le signal du départ.

Je ne me suis jamais senti aussi proche de ma mère que dans ces moments où je la devinais préparer ce voyage. Je la savais incapable d'oublier quoi que ce soit pour la famille. Les bruits dans l'appartement étaient devenus feutrés. Ils précédaient un bonheur si grand qu'il me faudrait des semaines et des mois, au retour, pour m'en remettre. Plus personne n'allait se jeter dans le ciel de Nanterre.

Déjà, ma mère se protégeait le visage d'une crème Elizabeth Arden, dont l'odeur entêtante, chaude, sucrée, ne m'a jamais quitté. Longtemps, je pris prétexte d'un gant de ski égaré, d'une chaussette perdue, pour avoir l'autorisation de l'embrasser dans le cou, afin de respirer cette odeur du ski. *L'odeur du ski,* disait-elle souvent pour se moquer gentiment. Ses nouveaux vêtements m'enchantaient. Elle portait un pantalon de ski noir, étroit sur les chevilles ; un *fuseau.*

Aujourd'hui encore, ce mot renvoie à ces tenues de ski que nous portions près du corps, à la fin des années soixante. J'étais fier de mon *fuseau* bleu marine avec sur le côté cette large bande blanche qui me rappelait Jean-Claude Killy, trois ans plus tôt, dans la descente olympique de Grenoble. J'aimais plus que tout son anorak bleu clair, à peine matelassé, et dans lequel j'enfouissais ma tête quand le soleil disparaissait derrière la montagne. Avec ses lunettes de soleil, ses lèvres légèrement peintes et ses chaussures de montagne en cuir, ornées de lacets blancs, elle ressemblait à une actrice de cinéma. De ces films que je découvrais en cachette, les soirs des *Dossiers de l'écran*, bravant en pyjama le carré blanc m'interdisant l'accès au salon.

Je suppose que cette proximité des premières années avec ma mère n'est pas sans écho pour le futur. Ce qui se jouait l'hiver, quand je m'efforçais de l'impressionner sur mes skis, revenait avec l'été. Je n'aurais laissé personne, sur la plage du soir, s'approcher de son dos, dont les deux grains de beauté parfaitement symétriques au creux de chaque omoplate me semblaient relever du divin.

La nuit s'étirait lentement jusqu'au départ.

J'entendais la porte de l'appartement se refermer sur mon père. Le bruit lourd et saccadé de l'ascenseur qu'il empruntait pour récupérer les skis rangés à la cave. Je voulais la fraîcheur des quais de la gare de Lyon. Monter dans le train suisse, avec ses compartiments alignés comme des trésors. Toutes ces paires de skis que mon père parvenait miraculeusement à emmener jusqu'à la gare. Deux ou trois voitures l'aidaient à réaliser le transfert. Puis le moment du départ, des retrouvailles aussi avec les camarades du groupe. Les plus jeunes.

Rien de plus favorable à l'apprentissage de la solitude et de l'amour que ces longs trajets en train vers des terres inconnues. Plusieurs heures de voyage jusqu'à la frontière. Cette halte mystérieuse durant laquelle des hommes en casquette et uniforme montaient dans les compartiments, afin de vérifier auprès de mes parents et moniteurs qui les accompagnaient si les papiers étaient en règle. La veilleuse plantée juste au-dessus du montant de la porte coulissante. Les petits rideaux gris qui nous permettaient d'échapper à la surveillance de mes parents. La découverte rêveuse, en pleine nuit, de ces gares, comme abandonnées au vacarme du monde. Un contrôleur tapant contre les rails et agitant une lampe qui donnait le signe d'un nouveau départ. Le sommeil n'était plus qu'une légère parenthèse.

Appuyés les uns contre les autres, nous avions l'allure assez comique d'un grand jeu de dominos menaçant de s'effondrer à la moindre secousse. Premiers flirts : avec la timidité des premières fois, une main baladeuse et fébrile s'échouait sur la cuisse de ma voisine. Bientôt, ce serait le long tunnel que nous attendions tous, car il annonçait l'arrivée prochaine à Vallorbe.

Il y avait toujours un moment où, dans l'aube de notre arrivée, j'apercevais sur le carreau un peu sale comme des lacs gelés qui s'étendaient. Dehors, le village n'allait plus tarder à se réveiller. L'Orbe était coulée dans son lit. Immobile, comme une grande paroi de verre. Elle ne chanterait plus qu'au printemps. Mais nous allions pouvoir glisser sur son corps, et sans patins à glace, au pied de l'hôtel. Quelques enfants filaient déjà vers l'école. Malgré la nuit, j'apercevais distinctement les grandes prairies blanches qui atténuaient l'obscurité. Ces champs de neige, ces haies rebondies de lourds flocons que, bien des années après, nous regretterions d'avoir perdus.

Quelques jours encore, et nous allions partir.

La neige qui tomba sur Nanterre recouvrit les trottoirs de l'avenue Joliot-Curie comme une poudreuse de haute montagne. Au neuvième étage, nous avions l'impression d'avoir loué un grand chalet, juste avant notre départ en vacances. Comme il ne restait qu'un jour d'école, mon père m'autorisa à rejoindre le lycée sur des skis. Première fois qu'une telle magie se produisait en région parisienne. Je pouvais compter sur Arnaud, mon complice des *terrains vagues*. Aux abords du lycée, comme il habitait à une centaine de mètres en contrebas, il viendrait récupérer mes lourdes chaussures de ski.

La neige rend les enfants heureux. Elle crée une chorégraphie, un décor, que l'imaginaire porte depuis les premières années. Ce silence qui enveloppe toutes les choses de la vie. Au pied de l'immeuble, les voitures s'étaient mises à glisser doucement. On se parlait dans la rue. Les boules de neige ne tardèrent pas à fuser un peu partout. Très vite, quelques groupes de skieurs commencèrent à se réunir.

J'avais récupéré ma paire de skis dans la cave. Des Rossignol. C'était plus fort que moi. J'avais l'impression que ces skis étaient bien capables de pousser la chansonnette. Ils sifflaient sur la glace. Je gardais pour la montagne mes Dynamic, noir et jaune, une splendeur qui équipait les skieurs de l'équipe de France. Un cadeau de la championne du monde Françoise Macchi, rencontrée à Châtel, au cours d'une classe de neige.

Maintenant que la neige et le froid ont disparu de nos villes – et de la moyenne montagne –, nous mesurons la perte, l'ennui qui s'installent dans les cœurs. La présence d'un véritable hiver, avec son corollaire, la neige, transformait nos paysages, presque dans l'instant. C'étaient une attente, un désir capable de combler la plupart des familles qui ne connaîtraient pas la montagne. Des millions de Français n'ont jamais vécu l'ivresse d'une cime dans la brume du matin.

Nanterre, cette année-là, se prit pour une ville de l'Europe de l'Est. Le square Lénine, face à la gare, était habillé comme les jardins Shevchenko de Kiev, quand tout est blanc, lourd sur les arbres qui disparaissent. Rue Maurice-Thorez, en plein centre, la grosse tête de lion qui m'effrayait dans le parc de la mairie avait la gueule remplie de neige. Soudain, il me fit rire. J'avais chaussé les skis, comme pour une grande balade de ski de fond. Je me lassai très vite des trottoirs pas encore dégagés – pas de salage à l'époque dans les communes de la région parisienne – et m'amusai à slalomer avec toutes les voitures qui s'étaient mises en travers.

Plus tard, au cours de mes voyages à Moscou, Kiev ou Saint-Pétersbourg, je compris comme la beauté des femmes était démultipliée par l'obligation de se protéger des grands froids. Souvent, sous les chapkas et les gros anoraks d'hiver, c'était un *air*, pas davantage, que je parvenais à capter à la dérobée. Rien de plus émouvant qu'une population habituée à glisser dans la ville comme s'il s'agissait de cirer, pour les faire briller, les trottoirs givrés d'une glace épaisse.

À Nanterre, tout était plus maladroit. De nombreux passants se cassèrent la figure. Nous devinions, avec Arnaud, que cette neige ne tarderait pas à fondre. Le ciel était clair, avec un grand soleil. Notre immeuble, gris et fade, avait pris des allures de gîte d'altitude. Tous ceux qui en sortaient arboraient cet air guilleret qui précède les départs en vacances.

À défaut de luges, les petits s'essayaient à glisser sur des morceaux de carton, récupérés chez les commerçants. Les filles continuèrent de porter des minijupes. Leurs cuisses étaient rosies par le froid. Cela faisait un drôle de contraste avec leurs grosses chaussures pleines de poils colorés. Il y en avait des rouges, des bleu pâle. Les Moon Boot, très à la mode. Elles ressemblaient à la moquette épaisse et bouclée que nous avions dans le salon. Il me semblait que des dizaines de petits chiens affolés s'accrochaient aux chevilles des jeunes filles.

Après avoir noté sur le tableau noir cette rédaction qu'il nous faudrait rendre à la rentrée, nous filâmes vers les *terrains vagues*. J'imitai fièrement mon père et plaçai mes skis sur mon épaule droite, à l'horizontale – spatules en avant –, tandis que Arnaud, souffle court, me suivait. Je lui avais promis une surprise de taille.

J'avais surtout d'autres chats à fouetter que m'occuper de cette rédaction qu'il faudrait rendre à la rentrée. J'avais quinze jours pour y réfléchir. L'inscription au tableau : « Racontez-nous un événement que vous avez vécu. » M. Camzat avait ajouté en plus petit, presque en bas du grand tableau, un conseil de travail. C'est Arnaud qui l'avait déchiffré pour moi. « Votre rédaction devra tenir dans une copie double. Faites un effort d'originalité. »

Le cahier de texte Clairefontaine sur lequel j'écrivais mes devoirs n'est plus de ce monde. Tant de lettres, cahiers, bulletins scolaires finissent par s'éloigner dans la nuit des temps. Les amours, les départs, mariages, divorces, nombreux voyages et déménagements finissent par détruire toutes ces choses qui avaient leur importance. J'ai glissé dans mon cartable le sujet de rédaction. Tout de même, peut-être me suis-je dit avec indolence et distraction que ce serait une bonne chose de réussir enfin mon devoir. Mon premier trimestre n'avait pas été formidable. La remontée ne semblait pas pour demain. Le carnet, annoté régulièrement par ma mère, en témoignait. Mais tout allait changer.

Je me suis souvent demandé si ces quelques jours qui ont précédé l'Orangerie, la promenade vers l'exposition, n'ont pas été le début d'autre chose. Une porte que j'allais ouvrir doucement. Un rai de lumière. Ça n'était pas seulement cette histoire de neige, avec la balade vers les *terrains vagues*, puis notre folle descente. Autre chose. Ce long voyage en train. Le tableau qui avait pris sa place en moi. Toutes ces couleurs. Ces *Roulottes*. Les chevaux qui broutaient. L'un d'entre eux qui me regardait. Comme s'il s'apprêtait à sortir de la toile. Dans le train, j'ai eu le temps et la volonté de penser au dernier cadeau de ma grande sœur. Ce samedi à l'Orangerie.

C'était plus fort que moi. Je voulais faire le malin. Entraîner mon meilleur copain vers le chantier de la madone fatiguée. Aller jusqu'en haut de la colline. On boirait un thé bien chaud au passage, chez Youssef qui tenait le bar.

Qu'est-ce qui résiste dans la tourmente du temps ? Qu'est-ce qui refuse l'abandon ? Cette impression qu'un copain ne nous quittera jamais. Que c'était pour la vie, toutes nos bêtises. On voudrait emporter les amis pour plus tard. Les vrais. Ceux qui sont toujours là dans les défaites.

Arnaud, c'était le type qui te disait qu'il aurait une mauvaise note, que sa rédaction était nulle, et à chaque fois c'était lui le cador. Quand il découvrait sa note, il avait une lippe pleine de surprise, de détachement. Ses grands yeux clairs faisaient comme des montagnes russes, dans tous les sens. Tout ébaubi. Sa grosse mèche blonde retombait d'un seul coup sur son visage, comme s'il avait voulu se cacher de cette bonne nouvelle. Comme s'il ne comprenait pas les raisons de sa réussite. Alors il préférait se taire. Ne pas la ramener. Et il continuait de m'encourager pour la prochaine fois. Ses silences ajoutaient à sa timidité. Il retrouvait la parole et le sourire quand nous filions vers le pavillon en ciment que son père avait construit au début des années soixante. Un colosse de Barcelone, qui mettait des *ch* et des *ola* dès qu'il nous interpellait.

Les noms et les prénoms défient les années. On voudrait que ces visages crèvent le temps. Qu'ils résistent à l'oubli. Comme ces ballons avec la barbe à papa, dans une fête foraine. Le ballon s'en va, à perte de vue. On le suit le plus loin possible. « Regarde, tu le vois encore au loin ? » C'est fini ; il disparaît derrière les nuages. On l'a perdu à jamais.

Je retrouvais Arnaud, et il m'arrivait parfois de deviner la présence invisible de Jean-Jacques, mon grand frère disparu. Est-ce que nous étions capables de tenir dans nos mains, plus de cinquante ans après ces événements, des êtres qui avaient compté comme rien ne compterait plus désormais ?

Parfois, il suffit d'écrire un livre pour tomber sur ces traces que les années n'ont pas réussi à liquider. Les lettres, bien sûr, cartes postales, photos collées depuis si longtemps dans les albums qu'elles ont fini par s'écailler, se déchirer sous les doigts. Arnaud, Richard, Bruno, Thierry, Didier, je les ai perdus depuis si longtemps. Seules les voix m'accompagnent, quand il me prend l'envie de penser à Nanterre, en 1971. À ce vendredi de neige et de grand froid. Une journée à se confondre avec une station de sports d'hiver. La veille de l'exposition. L'Orangerie sous la neige. La galerie du Jeu de paume emmitouflée comme le toit d'un chalet.

Nous étions là, sur les hauteurs de Nanterre, avec Arnaud, à prendre le frais. Comme si les choses surprenantes, tristes ou joyeuses, avaient le don de s'enchaîner en cascade.

À force de chercher quelques témoignages, les derniers vivants qui se rappellent cette période incertaine, on tombe sur un livre qui ressemble à un trésor. Il va m'accompagner jusqu'à la fin de cette histoire. C'est le catalogue de l'exposition. Et il y a une carte postale placée dans le coin de la couverture. Le trombone a rouillé. Il a fini par s'incruster dans le ciel des *Roulottes*. Ce catalogue, perdu dans les cartons que mon père avait conservés dans la maison de bord de mer.

On est arrivés au sommet de la colline qui surplombe le vieux Nanterre. Arnaud était un gars du soleil. Je m'aperçois en écrivant ce livre que le prénom de son père et sa bouille un peu brouillée, qui semble sortir du sommeil, sont intacts dans ma mémoire.

José…

José et Mme Cabréra, ce qu'ils aimaient par-dessus tout, c'était les pique-niques dans les grands champs d'oliviers. Les pinèdes sur les bords de la Costa Brava. La sieste, quand on ne sait pas si les grillons vont enfin se calmer avec leur fichue musique. La politique, ils s'en fichaient pas mal. Mais il y avait une forme de douceur, une telle naïveté de vivre que je poussais la grille de la maison comme s'il s'agissait d'un autre chez-moi.

Toute cette neige de décembre 1971. Un sacré paquet. Je montais en escalier quand, pour la première fois, je remarquai le regard d'Arnaud, plein d'admiration. Une moue envieuse. J'en rajoutai. Je plantai mes bâtons sur le côté, comme font les moniteurs quand ils dressent un slalom pour une compétition. Ou bien quand un skieur est en difficulté. Le ski amont – celui tourné vers la colline –, puis le ski aval, l'un après l'autre, comme mon père me l'avait appris avant même de marcher.

Cette fois, c'était moi qui ouvrais la marche.

Arnaud suivait. Toute cette neige avait fabriqué un autre village. Je montais comme un dératé.

Est-il concevable d'exprimer son propre bonheur de vivre lorsqu'on a treize ans à peine ? Le malheur, je le repérais au premier coup d'œil, chez des copains de passage. Ces types des classes poubelles qui ne tarderaient plus à connaître le mitard des maisons de correction, puis la prison. À moins de prendre une lame dans le ventre, avant de pouvoir grandir. Je les connaissais par cœur. Ils ne tenaient jamais en place. À la maison, on leur filait des coups de ceinture pour les faire taire. Des gifles à n'en plus finir. Je le savais. Je voyais le martinet, bien en évidence, qui se balançait sur la patère, dans l'entrée.

Un jour que ça avait bardé chez Meunier – je ne connaissais que le nom de ce copain qui nous accompagnait parfois sur les hauteurs –, j'ai vu ce qu'aucun gamin de douze ou treize ans ne devrait voir. Pour le punir et l'humilier, ses *vieux*, comme il disait, l'avaient habillé en fille. Il était arrivé, penaud et triste, les bras striés par les coups de martinet. Et cette jupe. Cette fois, il n'était pas question d'une pièce de théâtre où l'enfance ne répugne jamais à se travestir. C'était la réalité abjecte imposée à un gamin dont le seul tort avait été de dérober une pièce de cinquante centimes dans le porte-monnaie de sa mère. Bien trop jeune pour deviner le sens d'une telle punition, j'avais devant moi un bon camarade déjà un peu voyou, qui me regardait avec sa jupe à gros carreaux rouges et blancs cachant mal ses genoux et ses cuisses. Son regard n'était plus celui d'un chenapan séditieux. C'était le regard d'un enfant perdu qui a traversé le temps. Aurai-je la force – me disais-je sans l'exprimer –, l'endurance, la malice de leur échapper, à tous ces copains rejetés par l'école, ou bien étais-je moi aussi condamné à ne rien faire de ma pauvre existence ?

Mon bonheur, c'était d'être le meilleur sur les skis. Progresser dans la neige comme s'ils n'existaient même pas à mes pieds. Respirer seul, tranquille, au milieu des mélèzes. Découvrir une liberté qu'il fallait vivre pour y croire.

Souvent, dans un autocar qui nous ramenait à l'hôtel, au milieu des champs enneigés, je rêvais longuement d'une existence à la montagne. La nuit, j'apercevais ces grandes prairies de neige, trouées à quelques endroits par de petits chalets dont le bois sombre accentuait les contrastes du paysage. Dans la nuit qui tombe si vite à Noël, je cherchais les lumières, derniers repères des familles dont j'imaginais la chaleur et la joie de vivre chaque jour dans cette nature. Au printemps, je n'en revenais pas du cristal qui semblait couler de la montagne. C'était la neige qui fond si vite qu'elle se transforme en soupe et perd de sa densité. L'eau vive des torrents cavalait sur les chemins. Premier signe visible du retour de la douceur. Je m'imprégnais de l'odeur du foin coupé. Les bêtes quittaient l'enclos et retrouvaient la liberté, un peu plus bas dans la vallée.

S'il existe une forme de bonheur, de joie brutale, d'engagement de tout son être, c'est dans l'hiver des paysages du Jura que je m'en suis approché. Impossible d'imaginer que tout cela devrait disparaître ; qu'il me faudrait construire une vie sans de telles émotions. Des plages de l'Atlantique aux descentes vertigineuses de Vallorbe, Châtel ou du col de la Faucille, j'oubliais le rejet de l'école et cette angoisse de ne pas réussir. J'abandonnais au loin le grand cou de Mme Tanguy, sa bouche méprisante et cette élocution que je retrouverais dans les cours magistraux de certains mandarins.

Comme prévu, Youssef nous proposa, dès notre arrivée sur les hauteurs, un thé chaud. Une bonne boisson qui brûle le palais. Rien de tel pour récupérer de la montée avec Arnaud. Coup de frime : en évitant de me baisser, je plantai la pointe de mon bâton sur le haut de la fixation qui bloquait mon talon, puis dégageai ma chaussure. Je grattai avec mon gant la neige incrustée dans le cuir de la semelle. Aucun mérite. Des gestes que je répétais depuis si longtemps au cours de mes séjours à la montagne. C'était une manière d'éblouir mon meilleur copain. Lui montrer que j'étais capable de bien faire dès l'instant que nous n'étions plus dans la zone du lycée. Youssef se marrait comme un gamin. Il riait tant. J'ai fini par lui demander s'il ne nous prenait pas pour des clowns, avec nos bonnets vissés sur la tête, et mes skis que j'avais posés délicatement sur la façade, côté terrasse…

« T'es fou ou quoi, qu'il me répond. Je suis juste heureux de voir toute cette neige. Ça me rappelle le pays !

– Mais chez toi, y a que du soleil et la mer…

– Tu te trompes. Mon pays, ce sont les montagnes de Kabylie… Et je peux te dire que ça caille, l'hiver. La neige reste plusieurs mois. Et si ces connards avaient investi dans le tourisme plutôt que de prendre l'argent pour le donner aux militaires, il y aurait plein de belles stations de ski, en Algérie. Aussi belles que Val-d'Isère ou Courchevel… »

Youssef était maigre et nerveux comme un chat des rues. Ancien ouvrier chez Simca – il faisait exprès de dire *taulard*, son travail consistant à faire briller le capo des Simca 1000 et 1100 –, il avait démissionné. Avec ses économies, il s'était offert les murs de ce bistrot, situé dans un quartier qui connaîtrait bientôt d'immenses transformations. La clientèle était assez folklorique : on pouvait y croiser toutes sortes de types plutôt louches, dont les seuls revenus consistaient à taper le poker, chaque soir, tout en évitant les descentes de police. Mélange hétéroclite de brocanteurs, ferrailleurs, garagistes, ouvriers des chantiers. Quelques professeurs déboulaient du lycée, chaque vendredi midi, afin de goûter au couscous que Mme Youssef préparait à la maison. Le flipper et le mange-disque nous suffisaient bien. « La poupée qui fait non » de Polnareff et, plus que tout, « On the Road Again » des Canned Heat étaient nos préférés. Ça me changeait de Jean Ferrat en boucle, à la maison, d'Yves Montand ou des Chœurs de l'Armée rouge.

Youssef nous avait à la bonne. Il connaissait par cœur, depuis son enfance algéroise, les promenades improvisées, les premiers flirts, les bandes qui se jaugent et préfèrent régler des comptes, loin du domicile familial. J'ai poussé Arnaud du coude. Il avait sa petite moue timide qui faisait craquer les filles dans la cour de récréation. Arnaud, sous ses airs d'angelot à ne pas y toucher, savait ce qu'il voulait. J'avais bien l'intention de frimer jusqu'au terme de notre escapade. Et puis la cloche avait sonné. On était en vacances, ou presque.

« Viens, je vais te montrer la maison de mon amoureuse.

– Arrête avec tes bobards.

– Viens, je te dis ! »

On a franchi l'un après l'autre la trouée découpée dans le bois vermoulu.

Les affiches de la campagne présidentielle de 1969 avaient disparu depuis plusieurs mois. De Gaulle était mort en novembre de l'année précédente. On en avait terminé avec le képi du Général. Ses grands bras qui faisaient des moulinets à la télévision. Esther s'en fichait pas mal. J'étais dans son ventre en 1958, quand elle manifesta contre le retour au pouvoir du Général. Un million de personnes dans la rue, et moi qui n'arrêtais pas de bouger dans le ventre de ma mère. « C'est formidable, on est si nombreux », avait-elle soufflé à un ancien qui avait connu les grandes grèves de 1936 et qui se méfiait du Général. Il avait répondu, avec le sourire un peu coquin de celui qui sait et n'en pense pas moins : « Oui, madame, mais c'est trop tard. »

1971…

À la maison, c'était la vogue Waldeck Rochet, le leader du parti communiste depuis sept ans déjà. Il avait succédé à Maurice Thorez. Les blagues fusaient dans la cour de récré : « Va le décrocher ! » criaient les mauvaises langues en direction du petit-fils, Didier, qui venait à la maison avec toute la famille. Ma mère, elle, répétait : « Waldeck, qu'est-ce qu'il est sympa ! » Quand il est devenu fou – maladie neurovégétative –, je crois bien que ç'a été le début de la fin pour le Parti. Lui, au moins, s'était opposé à l'invasion de la Tchécoslovaquie par les chars soviétiques. Et il voulait l'union avec ces socialistes dont François Mitterrand commençait à organiser les troupes. Tapi dans l'ombre, Marchais attendait le bon moment pour prendre sa place.

Je ne sais même plus quand j'ai entendu pour la première fois le mot *communiste* à la maison. Il y en avait tellement qui passaient nous voir que j'ai fini par croire à une famille immense. On aurait dit que c'était Nanterre qui voulait ça. Une espèce de plaque tournante où ils se retrouvaient tous dans des discussions qui n'en finissaient jamais. Maintenant qu'ils ne sont plus très nombreux, je me demande souvent pour quelle raison je ne le suis pas devenu moi-même…

« Regarde, tu ne voulais pas me croire ! »

On avait traversé le chantier qui ressemblait maintenant à un conte de Noël. Le sol était gelé en banlieue depuis plusieurs jours ; la neige avait tenu dans la zone. Les ouvriers sur les chantiers, les grues alentour avaient eu leur journée. C'est ce qui m'a ridiculisé devant Arnaud. Il attendait ma promesse. Le soleil était plus pâle qu'en contrebas, sur le grand boulevard.

Ce bruit des chaussures, quand on progresse sur une neige déjà dure : un biscuit brisé entre les dents. On a marché une centaine de mètres. Les quelques étages, blocs de béton, échafaudages avaient l'allure de gros bonshommes de neige pris dans la glace. Toute la tristesse du *no man's land* semblait avoir disparu. C'était maintenant une grande zone de silence et de beauté. Dangereuse aussi, car toutes sortes de matériaux, bouts de ferraille avaient été ensevelis provisoirement par les intempéries.

Dès qu'il fallait marcher, Arnaud s'inquiétait pour son *souffle au cœur*. Ses lèvres se crispaient. Quelques dizaines de mètres encore. C'est là que j'ai entendu la musique. La musique qui donne envie de danser dans la fumée des gauloises bleues, chez Youssef. Cette musique lente. Pleine de soleil. Toutes les cabanes se confondaient. À l'intérieur, les ouvriers en profitaient pour se reposer. Se réchauffer aussi. Des poêles dans les cabanes et les Algeco. Quelques ronds de fumée sortaient d'un conduit aménagé dans le toit en zinc. La musique, et cette odeur de viande grillée.

Tout est revenu. Comme cette nuit de printemps, avec le ciel de Nanterre piqué d'étoiles.

On s'approchait tous les deux. Je voulais lui montrer la cabane de la madone fatiguée. Je me suis arrêté net. Un homme est sorti de la cabane. Je l'ai bien vu qui remontait sa braguette. Il a rejoint une autre cabane, plus loin, où logeaient les ouvriers. Un autre est entré. Et ainsi de suite. Sur le coup, je suis resté comme un idiot, planté là, devant la cabane de la madone fatiguée. On a dû voir défiler une dizaine d'ouvriers qui se dépêchaient de se mettre au chaud. Dans mon dos, Arnaud, qui grelottait, a fini par me lancer :

« Dis donc, elle a un sacré paquet d'amoureux, ta fiancée !

– Tu peux toujours te foutre de moi… N'empêche que j'y suis allé, moi, dans la cabane. »

On a rebroussé chemin.

Avec Arnaud, c'était impossible de se fâcher.

Pour quelle raison allons-nous vers telle ou telle personne, quand il s'agit d'amitié ? Plus tard, il sera toujours naturel de se retrouver au travers des livres, études, ou des engagements politiques. Les amitiés peuvent durer. Parfois même toute une vie. Mais Arnaud et moi…

Il y a quelques années, je suis repassé devant le pavillon de ciment, tout au début de la rue Henri-Barbusse. Au-dessus, vers le grand boulevard, le siège des glaces Motta avait disparu.

La grande place de la Boule me donna l'étrange impression de ne mener nulle part. J'ai voulu sonner. Arnaud avait peut-être repris la maison. Mais personne n'est venu m'ouvrir. Ce devait être en 1995. Au retour d'un reportage. Là encore, le vide des disparus du temps.

La phrase que je répétais à mon copain des terrains vagues, juste après une interrogation écrite : « Tu verras, je vais encore avoir une mauvaise note. » Près de trente ans avaient passé. Je sonnais à la grille de la maison d'Arnaud, et c'était cette phrase qui me revenait. La phrase du *bon à rien*. Un couteau invisible, planté dans le cœur d'un homme qui ne parvient pas à s'en défaire.

La descente vers le vieux Nanterre, ce jour de décembre 1971, ressemble à la craie blanche sur le tableau noir : impossible de l'effacer. Certains souvenirs se mettent à l'abri du départ, dans ce grand stock dont notre cerveau ne cesse jamais de faire le tri.

« Monte ! » ai-je crié à Arnaud.

J'avais repris mes skis chez Youssef. Ni une ni deux, Arnaud s'était placé juste derrière moi, comme sur une remorque imaginaire. La neige commençait à fondre en certains endroits. Ne pas traîner pour éviter les trottoirs gelés de la descente. Youssef ne s'est pas gêné pour nous crier dessus. « Vous êtes cinglés, tous les deux, vous allez vous prendre une bagnole ! » On ne s'est rien pris du tout. Youssef se tenait à carreau. Il n'était pas rare qu'on le traite de sale bougnoule. Parfois, c'était : « Sale crouille, rentre chez toi. »

Le ski dans la ville, je recommencerais, mais beaucoup plus tard, étudiant, dans le XVIIIe arrondissement, plein de descentes et de collines.

À Nanterre, c'était une grande butte qui dominait le reste de la ville. Arnaud avait relevé le col de son manteau en peau de mouton retournée. Il avait mis ses bras autour de ma taille, comme sur une mobylette. Je me suis régalé à pousser sur les bâtons. On a pris de la vitesse. Je sentais la pression des bras d'Arnaud ; ils pinçaient mon manteau. C'était un long manteau gris, col en fourrure, dont ma mère était fière. Sans doute parce qu'il me faisait ressembler à un petit garde rouge en route pour la révolution. On filait tellement vite que je me suis mis en chasse neige, juste au niveau du grand bidonville qui surplombait l'avenue Joliot-Curie. La frime. On a bien ralenti, en faisant de grands gestes en direction des familles qui nous regardaient passer devant leurs baraquements. Le froid piquait les yeux, glaçait nos narines.

Dans le bidonville, les canalisations d'eau avaient gelé un peu partout. On apercevait des petits lacs, comme des patinoires improvisées. Les enfants en profitaient pour glisser. Ils tournaient dans tous les sens. Parfois, le petit lac avait des rides et craquait doucement sous les chaussures des enfants. Ils se mouillaient les pieds sans danger et repartaient un peu plus loin, chez un voisin. Des Algériens pour la plupart. Quelques Maliens.

À chaque fois que mon père allait au bidonville voir un élève pour l'encourager dans ses études, je l'accompagnais. C'est comme ça que je suis devenu copain avec Keita, un footballeur de génie. Keita, c'était le nom du plus grand footballeur de l'époque. Il était arrivé en taxi à Saint-Étienne, venant du Mali. En 1971, il était tout près d'enfiler le maillot de l'Olympique de Marseille. On l'appelait aussi la Perle noire. Mon copain malien du bidonville jouait comme un dieu. J'aimais lui caresser le dessus de la tête, qu'il avait crépu. Il était si maigre. Souple. Et passait sa journée à dribler des ballons imaginaires.

Pour moi, c'était *Keita.* Je l'ai aperçu au loin, toujours en train de taper dans un ballon malgré la neige. Il a dû nous prendre pour des maboules sur nos skis. *Keita.* Maboule, c'était son invective préférée. Mais comme il était doux, et si gentil, il avait à peine prononcé l'injure qu'il replongeait toujours son visage dans le fond de son anorak, puis filait en riant.

Il faisait si froid. L'air semblait si pur et si joyeux. On s'est mis à crier tous les deux. Un grand cri pour nous réchauffer et repartir. Une fois sur le grand boulevard, c'était facile. On a traversé l'avenue. J'ai jeté un œil en direction du neuvième étage ; on a filé vers le vieux Nanterre. En passant derrière l'immeuble. Des ruelles, avec des pavillons en meulière, ou des petites bicoques construites après guerre par les ouvriers. C'était le Nanterre de Balzac. Nanterre avec sa courette dans chaque maison. Et le jardin, relique des forêts alentour qui avaient existé quelques décennies plus tôt.

En 1971, Nanterre avait peu changé.

Le pouvoir gaulliste, puis les équipes de Pompidou profitèrent malicieusement de ces grandes zones encore herbeuses, marécages désolés, territoires à l'abandon, pour parquer les travailleurs immigrés. C'est de Nanterre que les Algériens partirent à l'abattoir, le soir du 17 octobre 1961. Ils portaient leurs beaux costumes du dimanche. Massacrés. Jetés dans la Seine. Ce soir d'abandon où j'ai cru perdre mon père. Cette nuit de l'Arabe au visage ensanglanté, près du pont de Suresnes. *Vieux Nanterre.* Manière de désigner les lieux, comme les personnes, qui semblent avoir résisté à la destruction du temps.

« Le cœur, hélas, de la ville, bat plus vite que le cœur d'un mortel. » Rien de plus poignant, pour dire le temps qui passe, que ce vers de Baudelaire.

Vieux Nanterre. La Défense, ses tours immenses, ne ceinturait pas encore les faubourgs. Nanterre, Rueil-Malmaison, Colombes, Suresnes étaient encore de gros villages populaires posés en lisière de l'Ouest parisien. Les ouvriers immigrés se reposaient sur des bancs, le dimanche. Et il n'était pas rare de croiser au hasard des rues ces hommes sans bras, derniers manchots, survivants de la guerre de 14-18.

On a slalomé, avec Arnaud.

Rue Marcel-Cachin. Après le cimetière, l'impasse Gabriel-Péri à droite. Puis, tout au fond, le trottoir en angle, légèrement en retrait de l'avenue Henri-Barbusse. Des noms de communistes morts, attribués par des communistes vivants. Arnaud était soulagé. Les glissades sur les skis, ça commençait à bien faire.

« Qu'est-ce qu'on a pour la rentrée ?

– On doit raconter une histoire sur une copie double. »

Arnaud a dû s'y mettre le soir même. J'avais bien le temps d'y penser. D'abord les vacances.

DEUXIÈME PARTIE

« Pierre-Louis, je m'en vais.

– Tu vas me faire une omelette au chocolat ?

– Je te dis que je m'en vais. Loin. Pour toujours. »

Ça s'est passé autour de la table en Formica rouge, qui plaisait beaucoup à ma mère. Mon dernier goûter avec une omelette au chocolat. La grande spécialité de Jeanne.

Mis à part les voyages, les départs vers des villes inconnues en vacances, j'étais incapable de comprendre le mot *loin.* Surtout : *pour toujours*. L'enfance est une réalité qui a le talent de se dissimuler au milieu des plus grands. Parfois, elle explose. Cinq personnes avaient grandi et partagé la vie de tous les jours dans ce trois pièces du neuvième étage de l'avenue Joliot-Curie à Nanterre. Voilà que ma plus grande sœur s'en allait *pour toujours.* Tandis que mon autre sœur ne tarderait plus à s'éloigner à son tour. L'omelette ne passait pas.

D'un seul coup, je n'étais plus dans la zone, à rouler des mécaniques. Sur la plage, à me prendre pour mes héros du FC Nantes. Petite frappe dans les terrains vagues. « Pierre-Louis est violent », avait noté ma mère dans le carnet. Le petit chef de bande n'était plus grand-chose. Mon nez s'est écrasé contre le rebord de la table. Il glissait tout seul avec les larmes qui coulaient. Les meubles étaient tout de travers. J'avais brutalement retrouvé ce genre de respiration, le nez plein de morve, qui signe les gros malheurs de l'enfance.

Souvent, dans la chambre des filles, je dérobais des dissertations écrites par ma grande sœur. À treize ans, j'imitais l'écriture de Jeanne, me disant que, peut-être, il y aurait comme un fluide qui embellirait mes propres devoirs. Rien n'y faisait. Maintenant, elle s'en allait.

Un jour que je me trouvais dans l'étroit couloir de notre appartement, j'ai vu mon père lui mettre une gifle brutale, comme on fait une chose que l'on regrette pendant une vie entière. Était-ce à cause de cette gifle que ma grande sœur nous quittait tous ?

Elle m'a fait remarquer que j'avais le bout du nez froid, et que ça n'était pas bien de continuer à traîner dans les rues. Surtout avec la neige. Et qu'il fallait grandir.

C'est à ce moment-là que Van Gogh est entré dans ma vie.

« Demain, c'est samedi. Je t'emmène voir une exposition de peinture à Paris. Cela te servira certainement à la rentrée.

– Une exposition ? Mais c'est loin, Paris. Et je vais encore m'ennuyer…

– Tu vas adorer. C'est encore plus beau que tous les timbres dont tu fais collection. Je te promets. »

Jeanne dansait le twist comme personne. À la maison, elle était sage comme une image. Mais j'avais remarqué qu'elle attendait souvent des garçons devant l'entrée de l'immeuble.

Elle avait un visage si proche de ceux que l'on croise dans les Balkans. Sur les marchés de Belgrade. Dans les campagnes d'Europe centrale. On avait l'impression qu'elle portait ces pays en elle. Plus tard, l'observant sur les marchés colorés de Mostar ou Zagreb, je pensais à Annie Girardot ou à la Magnani. Des pommettes placées si haut. Elle en rajoutait dans ces mimiques qui la faisaient ressembler aux matriochkas, ces poupées russes dont les touristes sont si friands sur la place Rouge.

Sur les photos de vacances, en famille, il y a cette tristesse dans le regard. Toujours. Et rien ne changerait. Comme si le fait d'être assise avec mon père et ma mère à une terrasse ensoleillée de Venise, dans un café sur une île grecque, ne serait jamais suffisant. S'éloigner pour trouver ce qu'elle cherchait depuis l'enfance.

Cette lettre qu'elle écrira dix ans plus tard :

> « Quotidiennement, j'accumulais peu à peu un désir de liberté, de fuite ; ne pouvant vous imposer ma véritable personnalité, je ne voyais de solution que dans la fuite. »

Souvent, ses amoureux venaient de pays lointains. J'avais peur : un jour ou l'autre, ils prendraient Jeanne pour ne plus jamais nous la rendre. Sa beauté sombre la rapprochait naturellement de mon père. Ce regard noir, sans limite, et cet ovale du visage.

Longtemps, mes deux sœurs se sont *défiées*. La première avait la cruauté de ces filles qui sont si belles qu'elles éprouvent ce besoin impérieux de le dire avec insolence aux plus proches.

Une manière de se consoler de devoir porter depuis sa naissance les angoisses de mes parents, ravagés de douleur par la mort de Jean-Jacques. La seconde préférait le retrait. Une forme de diplomatie familiale, qui n'était pas sans rassurer ma mère. Elle bougonnait en silence. J'ai dit comme le communisme avait en commun avec la bourgeoisie traditionnelle cet espoir secret de réussite sociale. Celle-ci se trouvait ainsi au milieu du gué. Non pas qu'elle fût la préférée du fait de son calme, de cette manière pugnace d'obtenir ce qu'elle voulait – elle deviendrait un médecin reconnu et apprécié dans sa spécialité –, mais elle avait ce talent, chevillé au corps, de rassurer les anciens.

Un joli visage rond cachait mal une volonté de fer. *L'air de ne pas y toucher* est un ressort de la langue française qui en dit beaucoup. Pas de vague. La réussite sociale et un bonheur familial manifeste ont fini par l'emporter. Après de longues études adoubées par la famille, ce fut une vie tranquille et pleine de petits bonheurs, comme savent en offrir les villes moyennes de nos provinces. L'être du milieu. Impossible de ne pas penser à ces milieux de terrain que leur discrétion, parfois même une forme de repli, n'ont jamais empêchés de distribuer le jeu avec tranquillité.

Ni Jeanne ni moi n'avions ces qualités. Plus tard, devenu journaliste, je fus une source d'inquiétude constante pour ma mère – y compris avec le naufrage de mon mariage –, et Jeanne suscita par ses voyages, ses dissimulations romanesques et ses nombreux mariages une véritable tornade dans la famille.

Jeanne nous quittait.

Un jour de printemps, se promenant sur les Champs-Élysées, elle avait croisé un géant yougoslave. Les téléphones mobiles n'avaient pas encore inventé l'arme de géolocalisation massive. L'amour était un jeu de hasard. Jeanne, qui ne voulait pas entendre parler de diplôme en France – pas davantage d'hypokhâgne ou de khâgne –, préféra mettre le cap sur Belgrade. Ses jardins du Kalemegdan. Elle n'eut aucune gêne à me dire son bonheur fou de suivre cet ancien champion de javelot.

Deux manières pour progresser sur un boulevard ensoleillé : changer de trottoir ou de vie. On se retourne. Et, plutôt que de tailler la route, on a le courage de rembobiner le film de la promenade.

La neige et tout ce silence dans la cité faisaient comme un cadeau de départ à Jeanne. Celle-ci a sorti le grand jeu pour sécher mes larmes qui gouttaient sur le Formica. La carte maîtresse. Le football !

« Tu vas bien t'entendre avec mon fiancé. Puzo adore le foot. C'est un champion.

– Tu crois qu'il m'emmènera aux matches ?

– Tu penses qu'il t'emmènera ! Il me l'a promis. Il sait bien que mon petit frère adore le ballon. À Belgrade, le club qu'il supporte a un joli nom : l'Étoile rouge. Puzo est même copain avec la grande vedette, que tu connais mieux que moi. Vasovic. Il m'a dit qu'il était parti jouer à l'Ajax d'Amsterdam. Tu connais ? »

Je reniflais de plus en plus fort. La morve de tristesse sur le Formica.

« Ben oui… Les Hollandais de Johan Cruyff et Vasovic viennent de gagner la coupe d'Europe des clubs champions…

– On ira au stade. Écoute comme c'est joli à prononcer en yougoslave, le nom du club : *Crvéna Zvesda…* Et je te trouverai le maillot rouge et blanc de l'Étoile rouge ! »

Je me suis frotté les yeux, comme au saut du lit. Jeanne s'est penchée vers moi ; elle m'a embrassé dans le cou. La fenêtre à bascule de la cuisine, légèrement ouverte : au neuvième, le vent était frais. Il a séché mes dernières larmes. Je me suis levé. Au loin, Paris et les premières tours de la Défense. L'air avait une odeur de neige. Ces moments où le ciel paraît hésiter sur ce qu'il va décider. La neige avait pris l'habitude de tomber le soir.

La cuisine était sur la même ligne transversale que ma chambre : la vue était plongeante sur le grand cimetière de Nanterre. Au loin, les grues balayaient le paysage. C'est bizarre, tout de même, de vivre avec des morts à ses pieds. On finit par les ignorer, bien sûr. Mais ils sont là, comme au garde-à-vous, pour la nuit des temps. Allongés et tranquilles. Je me demande bien ce qu'ils pouvaient penser quand la madone fatiguée m'emmenait à la cave pour me faire des choses. C'était juste devant l'entrée principale. Les morts, une fois la petite cérémonie bouclée, ils ne sont plus au programme. Parfois, il y avait ces faire-part de décès qui arrivaient brutalement au courrier. L'enveloppe blanche avec le liseré noir tout autour. J'avais l'œil pour les reconnaître. Alors on s'inquiétait pour les adultes qui ouvraient le courrier. Dans ma chambre, tout au bout du couloir, je faisais de drôles de rêves : les morts se levaient tous ensemble et tendaient le bras en direction de ma fenêtre. Il y en avait de toutes les tailles.

Une nuit, j'ai cru entendre Jean-Jacques, mêlé à la foule des disparus. Le plus costaud de tous. Et il criait. Je cherchais de si loin à lire sur les lèvres de ce grand frère inconnu, mais qui revenait souvent dans les conversations. Je me concentrais. À un moment, j'ai bien cru qu'il me disait de ne pas me décourager. De bien travailler à l'école. Neuvième étage. Bien trop haut pour des évadés du cimetière. Ils ne sont jamais montés.

Je suis passé en coup de vent sur le balcon. J'allais me faire disputer. Mais c'était plus fort que moi. Du balcon, en biais de la piscine, sur les hauteurs, on aurait presque pu faire de grands gestes en direction des copains du bidonville. Il s'étirait à perte de vue. L'été, les mamans passaient leur temps à nettoyer dans la cour et devant leur maisonnette faite de tôles et de toutes sortes de matériaux de récupération. Mais c'était propre et chaleureux. J'aimais y traîner mes guêtres avec mon père. Il venait faire la gymnastique, deux fois par semaine, à des enfants qui n'étaient pas scolarisés. Ce soir, avec la neige qui avait tenu par endroits, le bidonville avait des allures de bord de mer. Tous les petits lacs gelés avaient fini par fondre dans les allées. Mais sur les toits de guingois, tout autour, des masses de neige éclairaient l'ensemble et ressemblaient à des blocs d'écume. J'ai filé dans ma chambre.

On a beau dire, l'ambiance était brisée en mille morceaux à la maison. La Yougoslavie, ça n'était pas vraiment le *pays frère* dont ma mère avait rêvé. Décidément, Jeanne était incapable de faire les choses comme tout le monde. Tito, c'était le type qui continuait de résister à l'Union soviétique. Avec ses universités où l'on enseignait l'autogestion. Ce pays avait quelque chose de suspect. Jusqu'au bout, jusqu'à la chute du mur de Berlin en 1989, Esther jugea que « le bilan des pays de l'Est [était] globalement positif ». La jeune fille de quinze ans qui avait refusé d'écrire une lettre au maréchal Pétain demeurait fidèle à ses convictions. La fin du communisme l'emporterait plus vite encore que son cancer.

Plus ensorcelant : Jeanne s'enfuyait vers une région, des visages, une manière de vivre que son grand-père avait endurés vingt-cinq ans plus tôt. Toujours ces échos. Tout au bout du trajet familial, on apercevait comme une étrange répétition. Pierre, mon grand-père, était revenu exsangue, mort-vivant, du *Loibl Pass* – commando SS de Mauthausen –, en Slovénie. Jeanne reprenait le chemin des Balkans, s'installait à Belgrade. Nous partirions en famille, sur ses traces d'amour et d'aventure. Jeanne nous avait-elle ouvert la voie ? Vingt-cinq ans après la libération du camp par les partisans de Tito, nous allions refaire le parcours de Pierre, le grand-père, bagnard au pyjama rayé.

Je retrouve une photo, prise au pied du mémorial, dont les bras squelettiques en bronze et tendus vers le ciel semblent figurer à la fois la douleur et l'espoir d'un futur. Ma mère m'enserre tendrement de ses bras. Comme s'il était urgent, au creux de ces montagnes slovènes, de me protéger d'une histoire qui n'aura jamais fini de nous menacer. Toutefois, le simple fait que son père ait été libéré par les hommes de Tito contribuait à mieux préparer le voyage.

Il régnait dans la maison un silence qui me semblait réprobateur et triste. Souvent, jusqu'à onze ou douze ans, il n'était pas rare que je réclame un verre d'eau avant de m'endormir. Mais le temps des histoires s'était refermé depuis plusieurs années. Je me suis contenté d'ouvrir l'album de timbres. Des dessins de Chagall, juste à côté de Pelé, célébré pour son millième but. Chagall me préparait à aimer le cirque, et ses danseuses merveilleuses. Chagall, le peintre préféré de Jeanne, avec Modigliani. Quelques timbres colorés capables de résister à la distraction de l'enfance.

Jeanne me les avait offerts, sur le marché aux timbres de l'avenue Franklin-Roosevelt. Aujourd'hui encore, il me suffit d'apercevoir au travers d'une banale reproduction du *Cirque*, avec ses chevaux et toutes ses danseuses suspendues dans l'air, pour me rappeler qu'elle me consolait d'une mauvaise nouvelle.

J'avais rendez-vous avec ce peintre hollandais, Vincent Van Gogh, dont elle me parlerait plus longuement sur le chemin de l'exposition. Moi, le seul Hollandais que j'aimais plus que tout, c'était Johan Cruyff. Un archange tombé du ciel. Cruyff venait de remporter la Coupe d'Europe des clubs champions, à Wembley. Impossible de lui ressembler avec son n° 14 dans le dos. Il allait si vite avec ses longs cheveux. Tout de même, quand je pénétrais sur le terrain de foot, j'imitais le Hollandais volant de l'Ajax Amsterdam : je faisais sautiller le beau ballon blanc sur le bout de mes doigts. Pareil à la plage sur le sable mouillé. Juste avant de rejoindre mes copains.

J'étais impatient de savoir ce que valait ce Van Gogh.

Ce qu'il me reste, cinquante ans après la découverte du musée de l'Orangerie : cette matinée froide de décembre 1971. Mon père nous avait déposés, avec la 404, place de la Concorde. Le tissu rouge des sièges exhalait une odeur de pastèque à se boucher le nez. Souvenir de notre dernier voyage en Italie. Maintenant, nous irions encore plus loin.

Tout est grand, quand on est petit. L'impression d'une marche qui n'en finissait plus dans les jardins allant vers la Seine, en direction du musée. Ensemble. Moi : « Je sais bien que je n'aurai jamais le bac. » Jeanne s'est fâchée ; elle a pris ma main. Elle a dû me répondre quelque chose du genre : « Ça va pas la tête ou quoi ? »

Tout en marchant, je lui ai demandé ce que c'était, cette histoire de musée de l'Orangerie ; elle m'a répondu que le bâtiment avait été construit, tout au début, pour protéger les oranges qui poussaient dans cette partie du jardin. Des oranges. Je n'en suis pas revenu.

Dans Paris, la neige avait été repoussée sur les bas-côtés. Nous avons marché dans un jardin qui semblait cerné par de longues guirlandes blanches et vertes. On avait pris un peu d'altitude. Les voitures glissaient comme de gros patineurs sur les pavés de la grande place, en contrebas.

Ces souvenirs qui passent la rampe des années. Pourquoi tant d'autres se sont-ils éteints ? Cette marche dans les feuilles vaincues sur les hauteurs du jardin des Tuileries. Ma première exposition. Ma dernière chance pour rattraper le temps perdu. Une sacrée carte à abattre.

Et c'est la même musique intérieure, le même frisson qui me trouble lorsqu'il m'arrive de retourner sur ces lieux qui ont tout changé pour moi. Ces lieux qui m'ont remis sur le bon chemin. C'est à n'y pas croire. Maintenant que le feu vert a été donné – l'administrateur du musée d'Orsay est d'accord pour que je passe plusieurs heures, seul, avec le tableau –, je vais retrouver ce camarade, cet ami qui a peut-être sauvé ma vie de l'ennui, de l'échec et de la bagarre.

Impossible de mettre la main sur la courte rédaction qui avait fait de moi le grand vainqueur de mes copains de classe. Mais j'ai retrouvé le catalogue de l'exposition. Décembre 1971. Jeanne me l'avait offert pour me récompenser de ma patience. La couverture dédiée aux *Tournesols*.

Qui peut savoir comment l'enfant perdu que j'étais fut brutalement emporté par la « petite étude d'une halte de forains » ? C'est par ces mots que Vincent décrit la toile à son frère Théo. Il ajoute : « Voitures rouges et vertes. » Des lettres entre frères que je lirai beaucoup plus tard dans ma vie d'étudiant.

Devant le tableau, un souffle me bouscule de tous côtés. Une impression. Une beauté que je pourrais peut-être emporter. C'était tout le contraire de ces journées neigeuses que nous traversions. La peinture n'était que lumière. Décor tranquille. Des chevaux qui broutent. J'avais remarqué les enfants qui couraient dans tous les sens. Mais c'était la lumière qui me faisait du bien. Comme s'il était possible d'oublier brusquement la grisaille, là, devant ce tableau peint par un homme que je ne connaissais pas.

Jeanne avait évité les salles consacrées aux estampes japonaises. Elle m'avait placé devant cette petite toile. *Les Roulottes. Campement de bohémiens. Arles. Août 1888.*

Quand je cherche à me rappeler avec précision les arguments que je développai à propos de cette peinture, mon regard se brouille. Je m'y perds.

Toutefois, un premier indice me revient : quelques mots sur une feuille détachée délicatement d'un bloc de papier à lettres.

Une petite missive envoyée à ma grand-mère. Quelques jours après la visite. Et que je retrouve, oubliée dans le catalogue. Jeanne, ou bien ma mère, me demandant de raconter ma découverte afin de m'exercer pour mon devoir ?

Miracle du temps qui nous demeure fidèle : la feuille est blanche, à peine *passée*. J'ai pris soin de mettre la date complète, soulignée au stylo à bille rouge. 23 décembre 1971. Une règle plate pour que le trait soit le plus droit possible. C'est une courte lettre – recto verso tout de même – dans laquelle je souhaite un joyeux Noël à cette grand-mère que j'aimais tant. Les fautes d'orthographe sont nombreuses, le dessin de chacune des lettres, trop appliqué pour que l'ensemble ne se mette pas à trembler.

> « Chère grand-mère,
> Je te souhaite un joyeux Noël. J'espère que ce mois-ci tu te reposeras bien. Je viendrai te voir et tu me feras des confitures de cassis, et surtout à la fraise. Dimanche, je suis allé voir une exposition à Paris. Avec Jeanne. J'ai pensé à ton beau jardin. J'aimerais bien retourner sur la route des étangs. Je ferai bientôt du vélo dans le jardin. Je me cacherai et tu me chercheras partout.
> J'ai pensé à ton beau jardin... »

Ancienne directrice de l'école publique de Treffieux, près de Nantes, elle avait cette douceur, mais aussi la fermeté requise à l'égard d'un enfant de mon âge. Souvent, été comme hiver, Léontine m'accueillait dans cette maison vaste et rustique, témoin de l'ancien monde. Ayant élevé seule ses quatre enfants – dont mon père, ses deux frères et une sœur –, elle était dotée d'une belle résistance à la fois physique et nerveuse, idéale pour le genre de chenapan que je risquais de devenir. J'étais libre. J'évoluais dans un environnement que les banlieues avaient détruit depuis longtemps.

Parties de pêche à l'aube avec mon cousin. Saucisse grillée dans l'une des nombreuses cheminées de la maison. Liseuse un peu râpée où il faisait bon s'étendre. Escapade en solitaire dans la campagne environnante. Dégustation des légumes du potager. Toutes sortes d'aventures se terminant bien souvent par le ramassage des mûres en septembre.

1971 encore.

L'automne. Une courte lettre envoyée par ma grand-mère à ses enfants et petits-enfants de Normandie. Trésor de message, témoin d'une solitude quotidienne – vécue dans une forme de sérénité –, quand les vies d'adultes, familiales, se sont repliées sur leur territoire.

Je découvre ce petit mot grâce à celle qui s'invite naturellement au creux des pages de ce livre : Aline, la sœur de mon père, bientôt cent ans. Veilleuse infatigable des choses courantes de nos vies. À lire cette lettre dont les mots demeurent légèrement penchés comme un jeune saule dans le vent, il me semble apercevoir le visage de la grand-mère du narrateur dans *À la Recherche du temps perdu*.

> « Que faites-vous par ce beau temps revenu ? J'ai passé ma matinée au jardin. J'ai élagué le sureau et le néflier, qui étaient envahis par les mousses et le bois mort. J'ai aussi nettoyé le dessus du vieux four, et taillé les fusains. Le soleil peut maintenant passer à travers les branches. J'ai allumé sous le tilleul un grand feu, que j'alimente avec tous mes débris… Où pensez-vous que je suis en ce moment ? Au fond du jardin, en plein soleil, et je sirote mon café. J'aimerais bien que vous soyez avec moi. Mais… chut… Chaque chose en son temps. Je suis bien dans mon petit coin. J'ai chien et chat qui me surveillent du coin de l'œil… »

Dans ce regard posé sur le monde par l'ancienne directrice d'école, qui sait si le *petit garçon* de Nanterre n'a pas *chipé* au passage toute cette liberté qu'il retrouvera devant les roulottes de la toile ?

Plus tard, dans l'une de ses nombreuses lettres d'explication, Jeanne insistait sur le fait qu'elle n'avait voulu dans sa vie que voyages et expériences sur le terrain de ses aventures. Jusqu'en Grèce. Pour n'en plus revenir. La fuite. L'échappée. Aujourd'hui, il me semble qu'elle m'avait présenté cette peinture comme la traduction de ce qu'il faudrait vivre pour être heureux.

L'enfant assiste à l'effondrement d'un monde dont il va s'éloigner pour vivre sa vie. Quelques années encore, il *chaparde* la réalité des jours, avec tendresse et amusement. Il en est l'acteur timide et discret. Ce monde au souffle court, l'enfant est capable d'en saisir les dernières respirations. Il observe, retient quelques bribes de récit. Il regarde.

Derniers échos de la guerre 14-18 : mon grand-père y avait perdu un poumon dans l'une de ces tranchées envahies par les gaz moutarde. Les dernières *gueules cassées* au café, devant un Pernod. J'entendais aussi le bruit des sabots de ces chevaux lourds, fatigués, traînant une carriole. Ils trottaient doucement, dans les après-midis d'août, et passaient tout au ras des fenêtres. Et le marchand ambulant, mystérieux, qui en appelait dans la rue du village à aiguiser les couteaux.

Avant de disparaître, ce monde fait de chariots tirés par les chevaux, de grand air, de poules que l'on égorgeait et dont on faisait cuire le sang dans la poêle, de clochards qui n'effrayaient personne, était encore notre famille. Je dormais dans des draps dont l'épaisseur était telle qu'il fallait être costaud pour les plier dans la grande armoire. Les parquets criaient la nuit. Craquements révélateurs d'un bois qui travaille et s'use avec le temps. Les meubles étaient hauts, profonds, remplis de livres. Les lits ressemblaient à de magnifiques embarcations maritimes, dans lesquelles nous devinions pouvoir rêver notre enfance.

Je sais comme chacun de notre grande famille a saisi ce qu'il pouvait dans cette demeure dont l'élégance des années disparues était sans égale. Chacun d'entre nous a emporté sa part. Ce monde dont nous étions encore les enfants était ancré dans la réalité des choses. Cette réalité d'une nature – une forme de *laisser-aller* – que nous avons choisi de mettre à l'écart.

Il y a un court passage de la rédaction dont je parviens à me rappeler l'essentiel : ces copains et copines de la campagne, qui habitaient un peu plus loin, dans des roulottes. « Sur la route des bordeaux. »

Ainsi, j'avais regardé le tableau, comme s'il me regardait à sa manière. Je n'avais pas les outils pour apprécier la technique du peintre – ce côté *pris sur le vif* du campement –, mais il y avait en moi des émotions, un désir, et l'impression de revoir sur une toile, en couleurs, des choses qui m'accompagnaient dans la vie de tous les jours. Des gestes qui m'allaient bien.

J'avais remarqué, une ou deux fois, que ma grand-mère accueillait, certains après-midis, ces enfants de *bohémiens* pour leur faire la classe. Certes, elle était à la retraite. Mais elle aidait volontiers ces gosses des roulottes. Pour l'enfant que j'étais, ce geste levait des barrières avec ces familles de gitans. Un monde s'effondrait, presque en direct devant nous, mais quelques anciens parvenaient encore, au milieu des ruines, à nous donner le meilleur de ce qui restait.

Sans doute, *comme en passant*, j'ai bien vu que les enfants du tableau ressemblaient à ces petits avec lesquels je m'amusais dans la campagne. Van Gogh les avait placés à trois endroits différents. Il y avait ce petit bonhomme qui courait avec maladresse en direction des roulottes. Ils n'étaient pas mes ennemis. À la campagne, les filles portaient des jupes larges et très colorées. Les garçons avaient toujours les mains un peu crottées d'une terre dans laquelle ils se roulaient avec plaisir. Les mamans portaient des corsages largement ouverts sur des seins qu'il était impossible d'ignorer. Quant aux hommes que j'apercevais dans le village, ferrant un cheval, ils me rappelaient les ferrailleurs de Nanterre : taciturnes et habillés de noir, un feutre sombre sur la tête. Je les imaginais cavaliers de nuit et voleurs de bijoux.

Le bidonville de Nanterre avait trouvé sa place dans mon regard d'enfant. Le bidonville, ce n'était pas seulement un assemblage de tôles et de courettes insalubres. On savait y improviser le bonheur de vivre.

Il y avait le thé à la menthe, le soir, après les cours de gymnastique que mon père dispensait aux enfants. Des choses de rien du tout, mais qui déclenchaient des rires et de bonnes habitudes. Les enfants se mettaient pieds nus dans la cour – l'été, c'était comme dans un village ouvert à tous les vents –, et mon père leur demandait de ramasser toutes sortes d'objets avec leurs orteils. Un exercice qu'il m'imposait, chaque matin au réveil. Le secret pour échapper au pied plat. Les enfants du bidonville se lançaient dans l'aventure à corps perdu. Un enchantement collectif. Il fallait être le premier à soulever une gomme, un stylo, un osselet, et l'attraper avec la main. Jeux simples et donnant le sentiment de l'improvisation. C'était pour mon père une belle utopie que d'offrir à ces enfants de la liberté et des rires, dans un quotidien qui n'avait rien de simple pour les adultes.

J'insistais, dans ma rédaction, sur l'idée de liberté et de calme que j'avais cru percevoir sur la toile. C'est peut-être ce qui a convaincu et surpris le professeur. Le catalogue de l'exposition nous donnait bien sûr quelques pistes : 1888 est l'un de ces moments où le peintre est pauvre. Il a quitté Paris en février 1888 pour s'installer dans ce Sud dont la lumière est comme *nettoyée* par le mistral. Les trois chevaux qui semblent si dociles. Les femmes qui prennent l'ombre sous le chariot ; il y a une forme d'apaisement qui traverse le jeune spectateur que j'étais.

Il avait fallu que je me confronte à cette œuvre d'art pour reprendre confiance en moi. D'un seul coup, je prenais la peine et le temps d'apercevoir les choses les plus simples de la vie de tous les jours. Une beauté folle, imprévue, me permettait de les écrire. Jeanne se contenterait de mettre un certain ordre dans toutes ces impressions. Elle me guida. Qu'importe. Ce que d'autres que moi auraient observé avec distraction, je le vis avec puissance, presque violence. C'était gagné. Une porte venait de s'ouvrir, derrière laquelle je me préparais à aimer les livres, l'histoire, les journaux et, surtout, cette douce flânerie qui deviendrait la marque de mon existence. Une peinture, chinée par ma grande sœur, en était l'unique responsable.

Ma mémoire s'est acharnée à retenir l'essentiel de ce dimanche de décembre 1971 ; un simple devoir de classe enfin récompensé. Mais c'est autre chose qui me semble, cinquante années plus tard, déborder largement du cadre : j'ai pris la vie de plein fouet.

À la veille de son départ, Jeanne avait deviné qu'il y avait chez son petit frère le besoin urgent de rejoindre la vie, c'est-à-dire la lumière. Devant une beauté qu'il devient possible de décrire, alors les ombres s'éloignent. Je m'étais saoulé de *terrains vagues*, de bagarres, de rêveries dans la classe, alternant avec la violence du rejet. Sans ciller, j'avais accepté qu'une inconnue – de quarante ans mon aînée – prenne le risque de détruire ma naissance à l'amour. J'avais peur du lycée comme on a peur, jour après jour, de l'échec programmé. « Votre fils, madame, ne fera rien de bon. » Fallait-il y ajouter les inquiétudes familiales, inséparables de l'amour immense que me renvoyaient mes parents ? Outre le carnet qui ne cesse de souligner ma violence et mon anxiété, la mort de Jean-Jacques pouvait-elle agir, à des années de distance, comme une épreuve ineffaçable ?

Cette lettre de ma mère, cinq jours après ma naissance, qui me revient, comme le signe effarant d'un oubli impossible :

> « Je ne sais s'il vous a parlé de sa joie, mais je vous assure qu'il fait plaisir à voir tant il a l'air heureux d'avoir un fils. Il savoure chaque heure, chaque minute. Il n'a pas hésité à inscrire au fronton de notre club de plage : Yves et fils… Je l'observe et ne peux toutefois m'empêcher de repenser à Jean-Jacques, il y a dix ans, presque jour pour jour. Comme le temps passe. »

À la fin de l'année scolaire 1971-1972, le carnet, fidèlement tenu, était formel : « Pierre a fait une très belle fin d'année. Moins de violence avec ses camarades. Tout cela est encourageant pour la suite. »

Brusquement, je pouvais me servir des mots pour décrire la plus belle des atmosphères. Le courage d'apprendre et d'y croire allait peut-être changer de camp. L'objet ainsi regardé était capable de me rendre ce regard au centuple ; une forme de politesse éternelle. Poursuivant mon enquête, je note ce que Van Gogh disait de l'écriture :

> « En écrivant, je ne ressens presque pas la même difficulté que je trouve à peindre mes tableaux. Quand je couche quelque chose sur le papier, pour me donner moi-même satisfaction, j'ai moins besoin de réflexion pendant ce travail que quand je veux atteindre la satisfaction totale dans la peinture. Nous passons notre vie à nous entraîner inconsciemment à l'art d'exprimer nos pensées à l'aide de la parole… »

Van Gogh m'avait offert le monde, pour ne jamais oublier de le regarder. C'est peut-être à ce moment-là, ce dimanche, que je suis devenu cette personne qui voulait écrire.

Souvent, nous passons avec indifférence ou fatigue devant les plus belles œuvres d'art. Mes *Roulottes* n'étaient sans doute pas la plus belle. D'autres viendraient avec la curiosité. Tous ces dessins de Del Sarto, Cellini, Raphaël, découverts à Florence à l'aube de mes vingt ans. Mes joies solitaires devant Hopper. Mes emportements devant les hanches féminines de Vallotton. Rien n'y fait : aucune de ces œuvres n'eut le talent des *Roulottes.* Un miracle. Celui de me faire oublier, ce dimanche et tous les autres dimanches de ma vie, que j'étais un *bon à rien.*

Je n'ai jamais cessé de me rappeler ce moment décisif. Une obsession. L'apprentissage de la beauté ouvrait un horizon qui semblait ne plus avoir de limite. Ma vie durant, je ne parviendrais jamais à m'y faire. Qu'il s'agisse d'une khâgne ou du fait de devenir journaliste dans une grande radio périphérique, je me sentais toujours étranger à la réussite. *Étranger en mon propre pays*, selon la belle expression d'Aragon.

Quelques années avaient suffi pour que je cesse de fréquenter les copains des *terrains vagues*. Arnaud avait rejoint le bâtiment. Il retrouvait des chantiers, des constructions, des zones, que nous avions écumés avec fièvre au début de notre adolescence. Les autres étaient devenus pour moi comme les disparus de la vie. Mais qu'avais-je de plus fort, de plus malicieux, qu'un Meunier que l'on déguisait en fille pour le punir d'avoir volé de quoi s'offrir quelques malabars ? Bien peu de chose, en réalité.

Plus tard, je m'étonnerais des compliments. Une chose s'était produite qui ne finirait jamais de me placer à côté des vainqueurs. Jamais avec eux. Il y avait eu la honte. Le détachement. La certitude de l'échec. Puis des bulletins scolaires qui me semblaient appartenir à un autre que moi.

C'est ainsi que je découvre – six ans après l'errance et la peur – cette courte appréciation de mon travail en classe préparatoire aux grandes écoles : « Intelligent et doué. » Je me demande si le fait de retranscrire dans ce livre une telle sentence n'est pas la preuve d'un doute qui ne pourra jamais disparaître vraiment.

La roulette du hasard qui s'était posée délicatement, ce matin d'hiver, dans une salle du musée de l'Orangerie. Je devais ressembler à un petit *Charlot*, sauvage et indifférent à la beauté des choses. J'en revenais secoué comme l'un des pruniers de ma grand-mère.

C'est maintenant, bien sûr – seul avec *Les Roulottes* –, que les impressions de la visite se précisent, à mesure que l'enquête s'efforce d'avancer. La phrase du professeur, écrite tout en haut de la copie double, me hante encore. Je suis capable de la citer de mémoire : « Quel beau devoir ! Si beau que je suis bien obligé de me demander si vous en êtes vraiment l'auteur. 18/20. »

Il avait tournicoté autour de moi comme ces chiens dont les douanes se servent pour trouver de la drogue. Le nez, qu'il avait pointu, n'était plus qu'un museau prêt à me fouiller le corps. Un instant, je me suis demandé s'il n'allait pas me faire les poches. Ma copie était la dernière qu'il devait remettre. Mais c'était aussi la première. La championne. Alors il faisait durer le temps. L'agitant dans l'air comme on s'amuse avec un gros billet de banque devant un mendiant. Il avait le corps idéal pour la sévérité. Un corps sec. Le souvenir d'une allure de caillou. Une silhouette si fine qu'il était possible de l'oublier dans un coin de la classe. Ses cheveux étaient noirs, de ceux qui reçoivent des couleurs pour ne pas grisonner. Mais, pour la première fois de ma jeune vie au lycée, je n'avais plus peur. Il m'avait fallu attendre un long moment avant que ma note résonne dans la classe. Un instant de grâce qu'il faut souhaiter à tous les *bons à rien*.

C'est à cette époque que les remarques de ma mère se font plus rassurées, mais distantes. Ce carnet plein d'inquiétude depuis ma naissance. Comme si l'amour immense dont mon père et ma mère étaient porteurs ne pouvait s'épanouir que dans l'anxiété et la possession. Cinq ans seulement après la découverte du tableau – je prépare un baccalauréat littéraire –, elle a écrit dans le carnet : « Pierre-Louis ne cesse de lire dans sa chambre. Des heures durant. Quel changement après toutes ces années de refus d'apprendre. Je n'en reviens pas. »

Plus tard, une dédicace agit comme un révélateur. Je retrouve dans ma bibliothèque le cadeau d'anniversaire de mes vingt-deux ans. C'est une belle édition du roman d'Aragon *Aurélien*, dans la collection blanche de Gallimard. En haut de la page d'ouverture, ce mot sec, rédigé en octobre 1982 ; ma mère le signe. J'ai l'âge – à quelques années près – qu'elle pouvait avoir quand elle rêvait, après la guerre, de danse et d'études. L'écriture n'a rien perdu de sa vivacité galopante. Serait-ce que mon détachement à l'égard de l'idéologie communiste, de ses engagements, lui cause tristesse et regret ?

« Avec un peu de retard. Pour tes 22 ans. Que tu redécouvres ce que tu connais mieux que moi. »

Aujourd'hui encore, bien des années après la mort d'Esther, j'aimerais pouvoir lui souffler dans son sommeil éternel combien elle se trompait, à croire que je connaissais mieux qu'elle l'univers des livres. Sans doute le fait d'avoir surmonté le rejet et l'engloutissement scolaire me donna-t-il des ailes. Je m'approchais d'une liberté qui lui serait toujours insupportable. Je provoquais.

À la fin des années soixante-dix, ma passion pour certains romanciers fascistes – redevenus à la mode – ne faisait pas de moi leur soutien. J'aimais le soleil noir et la mélancolie de Brasillach ; je dévorais la sensualité de Pierre Drieu la Rochelle, la folie de Céline. J'avais beau arguer de ma seule passion littéraire, je devinais le jugement sévère porté par l'ancienne résistante. Mais c'était une manière de dire au grand jour comme l'enfant que j'étais avait réussi, sur un coup de dés, à s'approcher au plus près du pire, lorsqu'il est question de création. Une liberté.

Je lui dirais, encore et encore, comme elle s'était battue, jour après jour, pour que je ne renonce pas à l'espoir d'une réussite. Ce dimanche de décembre fit le reste.

Écrivant le livre, je me prépare à revoir seul le tableau. On retrouve un jour cet ami disparu depuis tant d'années. Seul. Dans le musée désert. Impossible autrement. Cette aventure s'est jouée à deux. *Les Roulottes,* peintes sur le vif, le 12 août 1888. À deux jours près, soixante-dix ans avant ma naissance. Les gitans étaient nombreux dans le sud de la France. Ailleurs aussi, vers les bords de mer. Van Gogh meurt en 1890. Le tableau est acheté en 1909 par l'écrivain et historien d'art Raymond Koechlin. Il dirige le bulletin de politique étrangère dans la revue *Débat*. Ce collectionneur avisé avait signé en 1898 la pétition pour la révision du procès Dreyfus. Il meurt en 1931 et lègue au musée du Louvre de nombreux tableaux, dont *Les Roulottes.*

Un voyage parmi quelques musées nationaux, jusqu'à cette salle déserte du musée d'Orsay. Cette salle que je retrouve, seul, pour plusieurs heures. Quarante-neuf ans après mon premier regard sur la toile. Le coup de fil que m'a donné l'administrateur général du musée d'Orsay.

« C'est d'accord, venez ; au moins deux heures avec lui. Seul, je vous le promets. »

Il a dit *lui* pour désigner le tableau. Il a tenu sa promesse. Il rend possible ce rendez-vous ; comme s'il s'agissait d'un être disparu. Musée fermé. Moi à l'intérieur. Il me conduira vers le tableau. À l'angle de la rue de Lille qui se prolonge jusqu'au musée d'Orsay, j'ai bu un petit crème. Un sandwich pour me donner du courage. Tout de même. Toutes ces années sans se voir. La vie qui a passé. Plus de neige depuis longtemps. Juste un peu de froid. Il m'a mené sur ces passerelles qui mêlent avec douceur et sobriété le bois et le métal. Et puis le joli restaurant. Un peu partout maintenant, il y a des cafés et des restaurants gastronomiques dans les musées. Un instant, j'ai repensé à Nanterre. À la zone. À la cabane à lapins. Au bidonville qui a disparu. Les plus pauvres ont rejoint les grands immeubles. Les tours Pablo-Picasso. Ça castagne, là-bas. Les guetteurs de la drogue ont treize ans à peine. Un bon salaire. Ils attendent les fêtards de Neuilly et du grand Ouest qui viennent se ravitailler. Plus loin, vers les tours de la Défense, il y a des potagers et plein de légumes. Le retour à la terre, après l'avoir détruite. Une salle encore. Un immense tableau de Signac. Je me suis demandé si mes jambes allaient tenir le coup. Tant de beauté. Une salle entière de Gauguin. Des murs tapissés de Renoir. Je pouvais envoyer un baiser à *Gabriel à la rose* ; ni vu ni connu. Mais mon garde du corps ne me lâchait pas. C'est alors qu'il m'a dit gentiment, juste après le dos aperçu d'un Vallotton :

« Vous pouvez y aller. C'est à gauche en entrant. Vous verrez, la première accrochée. Juste à côté de *La Nuit étoilée*. Maintenant, je vous laisse tranquille. Vous êtes tout seul. À plus tard. »

Je me suis approché du tableau, comme on hésite devant un amour oublié depuis longtemps. On se croise sur un quai de gare, un métro, et voilà que les années brûlent devant nous, comme une torche vive. Un mélange de peur et de timidité. Le tableau qui m'a redonné confiance. J'étais seul dans le musée. Je me suis approché au plus près de la toile. Presque à la toucher. J'ai ignoré une scène de bal, et *La Nuit étoilée*. Plus près encore. Au risque de faire sonner le détecteur de vol. C'est là que tout est revenu.

J'ai reconnu sur la gauche la petite fille, dont la couleur oscille entre rose et roux. Prise dans l'incendie de lumière. Elle tremble au soleil, dans ses jeux avec le cheval brun. Elle est si fragile. J'ai bien vu le petit bonhomme qui doit marcher depuis peu de temps. Le peintre a posé quelques traits rapides qui se succèdent. Ce mélange de tranquillité et de vitesse sur la toile. Vincent attrappe la réalité des choses.

Tout ce temps qui a passé. C'était un moment précis de mon enfance que je retrouve. Aucune démonstration technique à comprendre. Je ne connais pas suffisamment l'histoire de la peinture pour en deviner les moindres nuances. Pourtant, dans ce face-à-face inouï dont j'ai rêvé toutes ces années, une chose m'emporte. Cette chose que seule la peinture semble capable de nous offrir. Elle est peut-être à l'origine du changement qui s'est produit en moi, au côté de ma grande sœur.

J'ai regardé le plus près possible. À la façon du chercheur d'or qui agite fébrilement le tamis de graviers. Enfant, je n'étais pas en mesure de voir cet élément nouveau. Un *air* me suffisait. Alors j'ai repéré ces traces que Vincent Van Gogh nous avait offertes par-delà les années. Des morceaux entiers de ciel semblaient avoir été posés, preuve déchirante de l'épaisseur de la réalité. Des petits tas de *vert Véronèse* nous disaient que le peintre était encore parmi nous. Il nous faisait signe. C'est plus fort encore lorsqu'on s'approche de la bâche ocre de la carriole.

Le peintre nous demande de prendre la peine de regarder le ciel. De regarder au plus près ces êtres qui préfèrent tailler la route, s'échapper, plutôt que de demeurer immobiles. De les aimer peut-être. Avec leurs couleurs et cette légèreté de vivre.

Je suppose que cette *présence* du peintre était d'autant plus bouleversante que j'étais seul, face à toute cette lumière. Il m'était devenu impossible de m'éloigner du tableau. Le risque de l'emporter était trop grand. Et le désir que j'avais de lui tenait aussi à son absence. Cette absence reviendrait dès lors que je sortirais du musée.

Un jour que nous évoquions la puissance grandissante des images dans notre vie de tous les jours, le romancier Julien Gracq me dit avec tristesse : « Viendra peut-être cet étrange moment où nous serons incapables d'apercevoir la réalité des choses. » Pour vivre, notre regard a besoin de s'exercer.

Je marchais doucement à proximité de la toile. Le moment de la séparation n'était plus très loin. À deux reprises au moins, *Les Roulottes* m'avaient indiqué le chemin fragile de la beauté, chevillée à la liberté de vivre. Au moment de nous séparer, une phrase, somptueuse et juste, me revenait en plein cœur. Elle m'avait été envoyée par une dame très âgée, mais dont la voix, le cœur et la raison résonnaient d'une jeunesse impeccable.

La sœur de mon père était la dernière. Aline. La dernière de ce monde ancien. Mais la plus vivante. Elle m'avait aidé au cours de cette période trouble où l'enfance se cherche. À près de cent ans, elle avait en elle ces joies et ces chagrins qui fondent une génération. Son départ, tôt ou tard, emporterait des visages et des corps disparus depuis longtemps. Elle poserait un couvercle sur ce monde qui désormais semblait la dépasser. Le mot qu'elle me rédigea pendant l'écriture de ce livre avait des allures de point final.

« Quand je regarde dans le rétroviseur de ma vie, je suis fascinée, comme si je revisitais un musée dont moi seul ai le ticket d'entrée. »

J'ai tourné le dos aux *Roulottes*.

Comme on laisse à regret un être dont on sait bien qu'il ne reviendra pas de sitôt dans votre vie. C'était fini. Mais la lumière de ce matin d'hiver 1971 était revenue – intacte. Je n'avais pas changé dans mes premières impressions. J'ai traversé les jolies passerelles du musée. Le grand vide était idéal pour un cambrioleur amateur d'art.

Dehors, le froid vif et un léger vent offraient au regard du passant toute une beauté nettoyée, et de grand luxe. J'ai pris la direction du quai Conti. À deux pas du bel appartement qu'occupa un temps Jacques Chirac. À peine sorti du musée d'Orsay, il m'a semblé qu'un monde n'avait jamais cessé de se donner rendez-vous avec lui-même. Souvent, les visages exprimaient l'impression d'une forme de perfection. Comme une fraîcheur réservée.

Jusqu'à la rue des Saints-Pères, aucun événement n'était en mesure de remettre en cause ma terrible impression. Les jeunes femmes étaient belles et distantes ; à cheval sur les vélos qui filaient vite. Des hommes jeunes, musclés, dans des tenues faussement négligées, fonçaient dans le froid sur des patinettes endiablées. Sur le pont des Arts, des touristes finissaient de se marier. Un couple roulait une jolie poussette avec un chien dedans.

J'ai préféré prendre le 27 et filer vers la gare Saint-Lazare. Le fait d'avoir passé plusieurs heures en compagnie des *Roulottes* m'avait sans doute éloigné d'une réalité nouvelle. Il faudrait prendre l'habitude des péages, pour rentrer chez soi. Se méfier peut-être de ne pas devenir suspect dans la ville. Le manque, sans doute, d'une rencontre que j'avais souhaitée depuis si longtemps.

C'est au moment de franchir la barrière métallique avec mon ticket à destination de Bernay que je me suis mis à penser au gitan. Le beau gitan de la Normandie. Une manière peut-être de transporter mes *Roulottes*. D'aimer encore et longtemps ce qu'il y avait sur cette toile. De la regarder encore. De penser à ces visages, toujours à la marge de nos villes. Ces *bons à rien* dont il fallait se méfier. Ces égarés.

La veille de mon départ, j'avais croisé le gitan. Il venait d'allumer une cigarette et marchait, comme marche un danseur au ralenti. Je le regardais regarder sa cigarette, comme un trésor imprévu. Il marchait et la regardait, tirant quelques bouffées. Ses cheveux maintenant étaient coupés court. Sa barbichette bien taillée. Je marchais lentement, craignant qu'il ne me soupçonne de le suivre dans la rue. La nuit était tombée depuis deux bonnes heures. La petite braise rouge vif l'éclairait comme un acteur. Il s'est assis sur un morceau de pierre. J'allais devoir passer juste devant lui. Il ne m'a rien dit. J'ai continué mon chemin.

C'est là, juste au bord de la place, que je l'ai entendu chanter. Sa voix semblait plus belle et profonde encore que d'ordinaire.

Un opéra dans la nuit froide de Bernay. Le gitan, je l'ai vu de loin, avait ce sourire tranquille de celui qui aime le travail bien fait. Sa lourde veste ressemblait dans l'obscurité à une grosse cape de matador. Et sa voix était maintenant si haute que des lumières ont éclairé quelques fenêtres. Cette voix, dans le sommeil tranquille de la ville.

C'était la preuve, une fois encore, que rien n'était vraiment perdu. Qu'il pouvait encore y croire, et se mettre à chanter. Les grosses voitures appuyaient sur l'accélérateur, sans le remarquer. Lui ne cessait plus de sourire à la nuit. Les fenêtres ont fini par se refermer. Il n'y avait rien à craindre.

Cette voix qui m'accompagnait dans la nuit de Bernay. Ce chant qui crève le silence. Ce grand vide dans les rues. Cette peur qui montait de toutes parts. J'avais marché jusqu'à la rivière, qui glisse comme une couleuvre sous la ville.

Alors j'ai pensé très fort à ceux qui m'avaient aidé à m'approcher du tableau de mon enfance. Tous ceux qui ne renoncent jamais. Ces petites photos en noir et blanc. Elles me poursuivent depuis toujours. Ces lettres. Mon passé, si présent. J'ai pensé à Jeanne, dans ses montagnes grecques. À Solange. Ce moment où nous avons brusquement l'âge de ceux qui nous ont mis au monde. J'ai pensé au visage d'Esther, vingt ans à peine après la guerre. Ses boucles brunes. Sa jeunesse posée sur une plage de l'Atlantique. Ses deux petits grains de beauté sur chacune de ses omoplates. La touche, presque invisible et qui bouleverse l'enfance. Cet amour. L'avenir qui nous porte. La bouche de ma mère sur les épaules de mon père. Les soleils d'été. Les longues parties de volley-ball dans les dunes.

Le cancer de ma mère. Ce moment, cette veille de nous quitter, le 5 mai 1989, où elle m'appelle et me chuchote, épuisée, dans le cou : « Mon Pierre-Louis, je ne veux pas mourir. » Moi : « Mais pas question de mourir, tu rigoles ou quoi ? Jamais de la vie. Jamais ! »

Pas question de mourir.

J'ai pensé aux premières caresses de la *madone fatiguée* de Nanterre.

J'ai pensé à Jean-Jacques.

À notre petit Viggo.

J'ai pensé à Solal.

Revoir mes *Roulottes*, c'était comme si j'avais retrouvé tous ceux qui s'étaient éloignés au fil du temps. Les anciens. Les absents. Les vivants. La preuve qu'il fallait y croire. Souvent, il ne manquait pas grand-chose pour y arriver dans nos vies. Un rien. Même pas un coup de pouce. Juste un tableau, ce dimanche de décembre 1971.

Cette beauté qui prend la peine de vous regarder.

Je suis monté dans le train.

Je n'avais rien oublié.

Rien perdu.

Bernay, février 2020

Remerciements

Ce livre est aussi celui de la romancière Patricia Sarrio, qui m'a tant encouragé.

Je remercie aussi Arnaud Oseredczuk, administrateur général du musée d'Orsay, et Constance Rivière. Ma douce amie, Maryline Chenin.

Toujours, Noëlle et Delphine. Bérengère, vigie de la dernière ligne droite.

MIXTE
Papier issu de
sources responsables
FSC® C003309

Les papiers utilisés dans cet ouvrage
sont issus de forêts responsablement gérées.

Cet ouvrage a été achevé d'imprimer en juillet 2020
dans les ateliers de Normandie Roto Impression s.a.s.
61250 Lonrai
N° d'impression : 2002821

Imprimé en France